Christian G. Pätzold

Tigergeschichten

Dr. Christian G. Pätzold ist Ökonom in Berlin. Die Tigergeschichten entstanden in den Jahren 2013 und 2014 beim Laufen durch die Stadt. Sie behandeln historische und aktuelle Berliner Themen. In den letzten Jahren ist er unermüdlich durch Berlin getigert, daher sein Spitzname der »Berliner Tiger«.

Christian G. Pätzold

Tigergeschichten

Essays zwischen Friedenau, Berghain und Tiergarten

[TEIA] INTERNET AKADEMIE LEHRBUCH VERLAG

TEIA AG - Internet Akademie und Lehrbuch Verlag
Hedwigstr. 10
12159 Berlin

Tel. 030/367 266 - 90
Fax 030/367 266 - 92

www.teialehrbuch.de
buero@teia.de

2. Auflage, Juni 2015

Umschlaggestaltung: Nina Dören, Designerin

ISBN 978-3-944658-23-0

Inhalt

Vorwort

Im Jahr 2011 hatte ich das 60. Lebensjahr glücklich erreicht. Ein schöner runder Geburtstag, den nicht jeder schafft. Meine Sachbearbeiterin alias Fallmanagerin beim Jobcenter versuchte, den neuen Sachverhalt gleich auszunutzen. Um ihre Statistik zu schönen, wollte sie mich händeringend loswerden und vor die Tür der Deutschen Rentenversicherung kippen. Also informierte sie mich nachdrücklich, dass ich ja jetzt in Rente gehen könne. Nach einigem Überlegen hatte ich nichts dagegen, zumal im Alter die Gesundheit ja auch nicht besser wird. Ich beschloss also, künftig als freies Individuum durch Berlin zu tigern. Daher mein Nickname »Berliner Tiger«.
Man könnte auch sagen: Durch die Stadt laufen, spazieren, flanieren, schlurfen, streifen, bummeln, schlendern. Aber tigern gefällt mir am besten. Lustwandeln und promenieren sind dagegen veraltet. Dem Lustwandeln haben die Autos den Garaus gemacht. Und das Promenieren machte man früher sonntags nach dem Mittagessen, als Sehen und gesehen werden noch in war. So sind die Essays beim Gehen auf der Straße, Kilometer um Kilometer, entstanden. Manchmal bin ich auch mit meinem alten Hollandrad durch Berlin gefahren.
Schon aus dem alten Athen und dem alten Rom ist bekannt, dass dort Philosophen in ihrer Toga durch die Straßen liefen und sich Gedanken machten. Dabei ist allerdings das richtige Tempo wichtig. Wenn man zu hastig durch die Straßen hetzen würde, dann könnten sich die Gedanken nicht entfalten, weil man ständig abgelenkt wird. Am besten ist ein langsames Schlendern, bei dem

man noch Zeit hat, auch den Himmel zu betrachten. Wenn der Passant hinter einem raunt: „Nu jehn se doch ma!“, dann hat man das richtige Tempo erreicht.
Die Essays dieses Buches habe ich nicht »Berliner Spaziergänge« genannt, denn davon gibt es schon zu viele, und sie sind auch von anderer Sorte als meine Geschichten. Die üblichen Berliner Spaziergänge sind entweder harmlos, etwas für Touristen oder unbedingt witzig. Das wollte ich vermeiden.
Heutzutage, wo der deutsche Normalbürger nach Brasilien, Fuerteventura, Phuket oder in die Dominikanische Republik fliegt, habe ich mich antizyklisch meinem Mikrokosmos Berlin gewidmet. Über die Copacabana können andere schreiben. Berlin hat tatsächlich viele Facetten, viel Geschichte, viele Geschichten, Stadtteile und Kieze, durch die man streifen kann. Man muss nicht unbedingt nach Übersee fahren, um etwas zu erleben, zumal wenn man kein Geld hat. In Berlin leben über 3 Millionen Menschen aus vielen Ursprungsländern. Da gibt es viele Möglichkeiten, sich zu unterhalten und etwas Neues kennen zu lernen. Ich bilde mir jedenfalls ein, so etwas wie eine Momentaufnahme von Berlin im Jahr 2014 versucht zu haben. Das war das Jahr, als der Fall der Mauer 25 Jahre zurück lag.
Die Essays sind in den Jahren 2013/2014 entstanden. Einige sind zuvor im monatlichen »Werdi Newsletter« erschienen. Wie immer möchte ich einigen Freunden und Bekannten für ihre wertvollen Anregungen danken: Uwe Jungfer, Henning Hamann und Markus Seifert.

Dr. Christian G. Pätzold, Berlin Friedenau, März 2015.

Vorwort zur zweiten Auflage

Berliner Themen treffen auf einiges Interesse, auch bei den Buchhändlerinnen und Buchhändlern, und daher ist schon jetzt eine zweite Auflage notwendig geworden. Ich habe nur einige kleinere Verbesserungen und Erweiterungen vorgenommen. Besonders wurden die Bilder aufgehellt, die im Druck der ersten Auflage sehr dunkel ausgefallen waren.

Als digitales Zusatzangebot habe ich Anfang des Jahres einen Blog im Internet eingerichtet:
www.kuhlewampe.net. Dort werden Themen aus den Bereichen Kultur, Literatur und Gesellschaftskritik präsentiert. Auch aktuelle und historische Berliner Themen sind vertreten, so dass ich meine kleinen Betrachtungen in diesem Buch dort fortsetzen kann. Die Besonderheit des Blogs ist, dass sich auch andere interessierte Autoren daran beteiligen können. Also melden Sie sich bei mir!

Das Leben in Berlin bleibt interessant, wie die vielen Touristen zeigen, aber auch die Neuberliner, die dauerhaft hierher ziehen. Damit es vielfältig und interessant bleibt, müssen aber nicht nur der Straßenbau und der Flughafen gefördert werden, sondern auch die Künstler und Wissenschaftler. Und für die soziale Gerechtigkeit und für den Schutz der Bevölkerung muss mehr getan werden.

Dr. Christian G. Pätzold, Berlin Friedenau, Mai 2015.

1. Der, die oder das Gott?

Als ich neulich an einem Sonntag in Wilmersdorf spazieren ging, lief mir ein älterer Herr über den Weg, der gerade aus seiner Kirche kam. Nach einigem Hin und Her beschwerte er sich darüber, dass es in seiner Kirche jetzt »das Gott« heiße. Er stelle sich Gott zwar auch nicht mehr als alten Mann mit Rauschebart vor. Aber das Gott ginge doch etwas zu weit. Dazu fiel mir nur die Definition ein: »Als Gott den Mann schuf, übte sie noch.«

Im Monotheismus ist es naturgemäß schwierig, einen Kompromiss zu finden, wenn man androgyne Wesen ablehnt. Immerhin wäre im Christentum eine Einigung möglich, wenn man sagen würde: Der Vater, der Sohn und die heilige Geist. Andere Religionen haben es da leichter. Die Hindus haben so viele Götter, dass für jeden Beruf und für jede Kaste etwas dabei ist. Im Buddhismus gibt es überhaupt keine Götter, womit das Problem auch entschärft wäre. Sehr praktisch ist auch die japanische Religion. Dort halten sich die Leute selbst für Götter, mit der Kaiserfamilie als oberste Gottheiten.

Beunruhigender ist, dass sich die Leute wegen ihrer imaginären Götter gegenseitig die Köpfe einschlagen. Zum Beispiel die Sunniten und die Schiiten. Wie geistig umnebelt muss man eigentlich sein, dass man sich vor den Karren von religiösen Fanatikern spannen lässt. Leider haben wir noch in vielen Teilen der Welt das finsterste Mittelalter. Ich halte es für sehr unwahrscheinlich, dass die islamistischen Gotteskrieger im Paradies 77 arabische Jungfrauen bekommen werden. Jungfrauen sind ja schon im wirklichen Leben schwer zu finden.

Nachdem ich mir all diese Gedanken gemacht hatte, habe ich im Internet gelesen, dass der Vorschlag »das Gott« von unserer Bundesfamilienministerin Kristina Schröder in einem Zeitinterview vor Weihnachten 2012 angezettelt wurde. Papst Benedikt XVI. schreibt dazu in seinem Buch »Jesus von Nazareth«: »Natürlich ist Gott weder Mann noch Frau.« Und Benedikt ist bekanntlich unfehlbar und hat die Wahrheit für sich gepachtet. Also nur Gott ohne Artikel.
Einen Monat, nachdem ich diesen Artikel geschrieben hatte, ist Papst Benedikt XVI. zurückgetreten. Das war doch sehr überraschend, weil es das schon Jahrhunderte lang nicht mehr gegeben hatte. In jüngster Zeit hat der religiöse Fanatismus wieder zugenommen: Enthauptungen von Journalisten in Syrien und im Irak, Entführungen von Schulmädchen in Nigeria, Scharia-Polizei in Wuppertal.

2. Bäckerbrot – nur kurze Zeit!

Als ich neulich zu meinem Supermarkt kam, stand da ein Schild: »Bäckerbrot - nur kurze Zeit! 500 Gramm 1,59 Euro«. Wenn man heutzutage Brot einkaufen geht, muss man anscheinend aufpassen. Brot vom Bäcker gibt es nur für kurze Zeit. Der Rest des Brotes stammt wahrscheinlich von einer Maschine in einer Fabrik, wahrscheinlich aus China. Ansonsten kann man zwischen so genanntem Rindfleisch, das aus Pferd besteht, Antibiotikahähnchen, Schimmelpilzgift in der Milch oder Schweinefleisch, das zur Hälfte aus Wasser besteht (wie die das machen, weiß ich bis heute nicht), wählen. Das Pferderindfleisch in der Lasagne schlug im März 2013 hohe Wellen.

Die Beamten im Bundesministerium für Verbraucherverar... haben jahrzehntelang ihren Büroschlaf gehalten, anstatt Tests durchzuführen. Die Lebensmittel sind noch immer nicht ordentlich gekennzeichnet. Die Parteien im Bundestag verhindern die volle Information der Verbraucher. Das könnte ja den Profiten der Lebensmittelmafia schaden. Guten Appetit!

Ich muss zugeben, ich habe auch das Pseudorindergulasch von N... gegessen, weil es so günstig war. Die Dose für nur 2,79 Euro. Wahrscheinlich habe ich dabei gleich ein paar fiebersenkende Mittel eingenommen. Als dann das Gulaschdosenregal bei N... leer geräumt war, habe ich die Schweinskopfsülze gekauft. Das stand wenigstens auf dem Etikett.

Dabei wäre alles doch so einfach, wenn nur die Politiker ehrlich sein wollten. Auf die Verpackungen müsste man nur draufschreiben, was drin ist, wo es herkommt, und

welche Chemikalien und Medikamente eingesetzt wurden. Außerdem müssten die Tests verdoppelt werden. Auf so viel Schutz hätten die Verbraucher als Mehrwertsteuerzahler schon Anspruch.
Und warum werden eigentlich nicht alle Testergebnisse im Internet veröffentlicht? Die haben die Verbraucher schließlich mit ihren Steuern auch schon bezahlt. Oder denken die Politiker etwa, die doofe Bevölkerung braucht nicht zu wissen, was sie isst? Und warum wird den Lebensmittelbetrügern eigentlich nicht die Lebensmittelerlaubnis entzogen?

3. Leydicke

Kaum eine Kneipe in Berlin hat eine solche Aura. Leydicke ist eine Altberliner Schnapsdestille in der Mansteinstraße in Schöneberg, kurz vor den Yorckbrücken. Leydicke wurde 1877 von den Brüdern Emil und Max Leydicke gegründet. Neben der Kneipe umfasste das Unternehmen eine Fruchtsaftfabrik, eine Liqueurfabrik und eine Schnapsbrennerei. Likörstubenbesitzer war schon immer ein etwas besonderer Beruf, etwa so wie Operettenkomponist. Berufe, die nach Kaiserzeit klingen. Die Decke und die Wände der Kneipe wurden in den letzten 130 Jahren noch nie gestrichen, was als besondere Attraktion gilt.

Bei Leydicke war ich Mitte der 1960er Jahre einmal so vom Johannisbeerwein besoffen, dass ich seither Alkohol nur noch in homöopathischen Portionen zu mir nehme. 1968 war Leydicke für die Westberliner Studenten und für die Planung der Weltrevolution eine ganz wichtige Adresse. Betreut wurden die Studenten von der legendären Lucie Leydicke. Ich habe mal wieder ein Gläschen Persiko auf die alten Gebrüder Leydicke getrunken.

Bei Leydicke gibt es nichts zu essen, außer am Sonntag frische Buletten. Dafür darf man rauchen. An Spirituosen gibt es eine große Auswahl. Zitronenlikör, Pfefferminzlikör, Haselnusslikör, Zimtlikör, Ingwerlikör, Eierlikör. An Obstweinen gibt es im Moment Brombeerwein, Kirschwein und Himbeerwein. Und der Wirt hat noch einiges andere auf Lager. Die Getränkekarte ist der Wirt persönlich. Gedruckt gibt es so etwas nicht. Aber der Wirt weiß genau, was er im Keller zusammendestilliert hat.

Am Wochenende gibt es Musikerauftritte. Vor 20 Uhr sollte man aber bei Leydicke nicht aufkreuzen. Leydicke hat noch seine Seele bewahrt. Insofern ist Leydicke ein besonderer Berliner Kulturschatz.

4. Die Mauer im Kopf

Wenn man über 60 Jahre in Berlin gelebt hat, dann hat man verschiedene Zeiten mitgemacht. Zeiten ohne Mauer nach dem Zweiten Weltkrieg, Zeiten mit Mauer, und wieder Zeiten ohne Mauer und als Hauptstadt. Die Mauer stand insgesamt 28 Jahre von 1961 bis 1989. Mittlerweile steht sie seit 25 Jahren nicht mehr. Sie wurde abgerissen und abtransportiert. Aber was weg ist, ist im Kopf noch lange nicht weg. Der Fachausdruck dafür ist Hysterese. Irgendwie will die Mauer aus meinem Kopf nicht raus.

Es ist so, als ob sich die Mauer in allen möglichen Synapsen meines Gehirns festgesetzt hätte. Wenn ich irgendwo bin oder hinfahre sagen mir die grauen Zellen, jetzt bist du auf der anderen Seite der Mauer, jetzt bist du in Ost-Berlin, jetzt bist du in West-Berlin. Ich stelle mir vor, dass die zugewanderten Schwaben in Prenzlberg dieses Problem nicht haben. Bei mir ist es wohl schon zwanghaft. Ich kann mich nicht davon befreien.

Ich wüsste gern, ob andere Menschen diese Mauer-Psychose auch haben. Vielleicht sollte ich mir psychologischen Rat holen. Denn die Mauer gibt es ja in Wirklichkeit gar nicht mehr, bis auf ein paar kümmerliche Reste. Ich habe mich früher öfter gefragt, warum Leute Dinge in ihrem Kopf haben, die es gar nicht gibt, bspw. Feuer spuckende Drachen. Seit der Phantommauer in meinem Kopf kann ich sie etwas besser verstehen.

5. 35 Jahre taz

Seit dem 17. April 1979 erscheint »die tageszeitung«, allgemein als »taz« bekannt, täglich am Kiosk. Sie war ein Produkt des links-alternativen, öko-sozialistischen Milieus in West-Berlin in den 1970er Jahren. Zur gleichen Zeit entstand auch die Partei »Alternative Liste für Demokratie und Umweltschutz«, später unter dem Namen »Die Grünen« erfolgreich. Im selben Jahr 1979 startete auch die Tempelhofer ufa-Fabrik als alternatives Lebens- und Kulturprojekt.

Der Grund für die taz war eindeutig. Springerzeitungen (Berliner Morgenpost, BZ, Bild, Welt) konnte man nicht lesen. Da wurde einem schlecht von. Der »Tagesspiegel« war zu bürgerlich und berichtete kaum über die Interessen der Jugend. Also musste die taz her. Man konnte sogar Miteigentümer in der Genossenschaft der taz werden und ein Abonnement buchen. Angesichts leerer Kassen war ich weder Miteigentümer noch Abonnent. Aber ich habe einige Artikel genossen, die keine andere Zeitung gebracht hätte.

Die taz sitzt noch immer in Kreuzberg in der Rudi-Dutschke-Straße, ehemals Kochstraße, ist aber inzwischen auch im Internet zu lesen. Im Internet kann man die taz sogar umsonst lesen. Das wird durch Werbung finanziert. Es gibt zwar eine Bezahlschranke, die sich aber einfach wegklicken lässt. Die gedruckte Auflagenhöhe der taz lag in den letzten Jahren ziemlich konstant bei um die 60.000 verkauften Exemplaren.

Gleich um die Ecke sitzt der inzwischen digitale Axel-Springer-Verlag in der Axel-Springer-Straße. Die Gräben von 1968 sind in Kreuzberg immer noch sehr tief. Rudi-Dutschke-Straße Ecke Axel-Springer-Straße, dieser Ort tut richtig weh.

6. Schlaue Friedhofsmäuse

An einem schönen warmen Sommermittag saß ich entspannt vor dem Bäcker am Südwestkorso und schlürfte an meinem Espresso. Da fiel mir auf, dass eine Maus an der Mauer zum benachbarten Friedhof hinabkletterte. Dazu benutzte sie geschickt den Efeu, der an der Mauer wuchs. Wahrscheinlich hatten sie die verführerischen Bäckerdüfte angelockt. Wie immer im Sommer war die Luke zum Keller unter der Bäckerei aufgesperrt. Die Maus verschwand schnell in der Luke, um sich an den Getreidesäcken im Keller den Bauch voll zu schlagen.
An dieses Erlebnis musste ich denken, als ich im Winter feststellte, dass irgendjemand den Efeu an der Mauer entfernt hatte. Aber ich hatte gehört, dass die Mäuse auch am reinen Kratzputz der Mauern hochklettern können.
Wir machen uns viel zu selten bewusst, dass wir Menschen nicht die einzigen Lebewesen in der Stadt sind. Da sind auch noch die vielen Vögel, die uns durch ihr Zwitschern im Frühling erfreuen. Oder ein Fuchs, der einem nachts über den Weg läuft. Oder Kaninchen, Wildscheine und Waschbären. Und nicht zu vergessen die niedlichen Fledermäuse, die in den Kasematten der Zitadelle Spandau wohnen. Um alle diese Tausende von Lebewesen kümmert sich der Berliner Wildtierbeauftragte, der sicher keinen leichten Job hat.

7. 50 Jahre Verlag Klaus Wagenbach

Der Berliner Verleger Klaus Wagenbach ist Jahrgang 1930. Sein Vater ist der Bodenreformer Joseph Wagenbach. Dass er in Berlin-Tegel geboren wurde war vielleicht der Grund, warum er im Herbst 1964 in West-Berlin seinen eigenen Wagenbach Verlag eröffnete. Zu dieser Zeit der Mauer und des Kalten Krieges kam nämlich keine Maus nach West-Berlin, um irgendetwas zu eröffnen. Nur die Kriegsdienstverweigerer flüchteten nach West-Berlin, weil es hier unter den Alliierten keine Bundeswehr gab. Darum gab es damals in West-Berlin viele hübsche junge Männer, aber kaum Mädels.

Wahrscheinlich hat auch Klaus Wagenbach nicht damit gerechnet, dass 1968 kommen würde. Durch das Revolutionsjahr wurde der linke Wagenbach Verlag schlagartig berühmt. Wagenbach wurde zu einem wichtigen Verlag der Studentenbewegung und der APO. Wagenbach verlegte unter anderem Bücher über Franz Kafka, über den er promoviert hatte, Gedichtbände von Erich Fried und eine Reihe von italienischen Schriftstellern. Dafür wurde er wahrscheinlich 1988 zum Ritter der italienischen Ehrenlegion ernannt. Vielleicht auch, weil er die Toskana-Fraktion in der deutschen Linken begründet hatte.

Warum er später auch zum Ritter der französischen Ehrenlegion geschlagen wurde, weiß ich nicht. Jedenfalls wollte sich wohl die BRD nicht lumpen lassen und verlieh ihm erst das Kleine Bundesverdienstkreuz und dann das Große Bundesverdienstkreuz. Beide Auszeichnungen hat er angenommen, was für einen ehemaligen Linken schon verwunderlich ist. Vielleicht wollte er sowohl zum

kapitalistischen Establishment der Bundesrepublik Deutschland gehören (Großes Bundesverdienstkreuz) als auch zum Anti-Establishment (macht sich gut als intellektueller Freigeist). Sehr schwer zu verstehen.
Die erste Frau von Klaus Wagenbach war Katharina Wagenbach-Wolff. Sie ist die Tochter des Friedenauer Buchhändlers Andreas Wolff, dem Besitzer von Wolff's Bücherei. Ich erwähne das deshalb, weil ich 1967 bei dem alten Wolff in Friedenau mein erstes Lexikon gekauft habe, das dtv-Lexikon in 20 Bänden, das damals ein Bestseller war. Das waren noch die alten Zeiten ohne Wikipedia. Ich erinnere mich noch gut an den Blick des alten Wolff, der wie ein grimmiger Wolf aussah. Heute heißt die historische Buchhandlung am Friedrich-Wilhelm-Platz »Der Zauberberg«.
Der Verlag Klaus Wagenbach ist bis heute unabhängig geblieben, was eine große Leistung ist. Jedes Jahr erscheint kostenlos der Jahresalmanach »Zwiebel« mit Gesamtverzeichnis, der sehr informativ ist. Klaus Wagenbach hat einmal das Geheimnis verraten, wie ein kleiner, unabhängiger Verlag überleben könne. Man müsse, wenn man mal einen Bestseller habe, alle Fenster und Türen aufsperren und das hereinfliegende Geld in einem großen Sack sammeln. Oben auf den Sack müsse man gute Manuskripte legen, um neue Bücher zu produzieren.

Literatur: Buchstäblich. Wagenbach. 50 Jahre: Der unabhängige Verlag für wilde Leser. Berlin 2014, Wagenbach Verlag.

8. Urban Gardening

In Friedrichshain gibt es viele grüne Daumen. Die Baumscheiben auf den Bürgersteigen sind reichlich mit Pflanzen durch die Anwohner bestückt worden. Dort findet man Buchsbäume, Kirschlorbeer, Kletterhortensien, Sonnenblumen, Johannisbeeren und viele andere Arten. Fast ein kleiner Botanischer Garten begegnet einem auf der Straße. Auch die Nachbarschaftsgärten auf freien Grundstücken werden fleißig von den Anwohnern bepflanzt und gepflegt. Ein Beispiel ist die Ecke Schreinerstraße/Voigtstraße im Friedrichshainer Nord-Kiez. Dort wurden im Herbst von den Kindern Blumenzwiebeln für den Frühling eingebuddelt. Die Anwohner haben auch schöne solide Bänke aufgestellt, die den üblichen Senatsbänken weit überlegen sind.

Inzwischen wird fast jede Brache in der Betonwüste zum Gärtnern genutzt, als Gemeinschaftsgarten mit Wir-Gefühl. Das nennt sich »Urban Gardening«, denn ohne Englisch geht es heutzutage nicht mehr, und soll aus Kalifornien stammen. Man könnte auch städtisches Gärtnern sagen. Eine andere Bezeichnung ist »Crowd Gardening«, was nicht etwa Sauerkraut-Gärtnern bedeutet, sondern Gärtnern im Kollektiv. In den USA ist auch die Bezeichnung »Community Gardening« üblich. Allein in New York City gibt es über 500 Community Gardens (Gemeinschaftsgärten).

Der bekannteste Berliner Gemeinschaftsgarten ist wahrscheinlich der »Prinzessinnengarten« am Moritzplatz in Kreuzberg, in dem seit 2009 jeder und jede pflanzen kann. Auf dem großen Gelände wächst alles in transpor-

tablen Kästen, Kisten und Behältern. Küchenkräuter können geerntet und gegen einen Obolus mitgenommen werden. Anfang Mai zum Beispiel Rhabarber, Zitronenmelisse, Minze oder Bergbohnenkraut. Wer möchte kann auch mitgärtnern. Es ist einfach schön zu beobachten, wie etwas in der Natur wächst.
Die Berliner Betonlobby dagegen hat schon lange dem Grün den Kampf angesagt. Wie viele Kleingartenkolonien sind schon für die Gentryfizierung und für den Autobahnwahn platt gemacht worden? Mit Gentryfizierung wird die Umwandlung von preiswerten Mietwohnungen in Eigentumswohnungen und die Bebauung von Freiflächen mit Luxus-Eigentumswohnungen bezeichnet. Dort kaufen sich dann häufig Reiche eine Zweitwohnung in Berlin. Der Begriff kommt von der englischen Gentry, das heißt dem niederen Adel oder der Aristokratie. Ursprünglich stammt das Wort von dem lateinischen Wort gens, gentis, was Patrizierfamilie bedeutete. Inzwischen ist es in Berlin schon so weit gekommen, dass die Menschen um jedes Stückchen Grün kämpfen müssen.
Auch auf dem freien Tempelhofer Feld wird gern gegärtnert. Die Bürgerinitiative »100 Prozent Tempelhofer Feld« hat glücklicherweise die Volksabstimmung im Mai 2014 mit über 700.000 Stimmen gegen den Senat gewonnen. Und daher besteht der Gemeinschaftsgarten »Allmende-Kontor« dort weiter. Es ist ein interkultureller Garten, an dem auch Migranten beteiligt sind. Er wurde 2010 gegründet.
Die Berliner wollen Grün in der Stadt. Die Berliner Liebe zum Gärtnern ist natürlich schon alt. Da sind die zahlreichen traditionellen Kleingartenkolonien mit Familiengärten und Lauben, in Ost-Berlin auch Datschen genannt. Und viele Berliner sind daran gewöhnt, Urlaub auf Bal-

konien zu machen, mit Geranien und Tomaten im Blumenkasten.
Für Leute, die in ihrem Garten Chemie versprühen, habe ich allerdings nichts übrig. Es geht auch ohne Chemie, wenn man mit der Natur gärtnert und nicht gegen sie. In einem guten Garten gibt es genug Meisen und Amseln, die Insekten fressen. Es gilt immer noch die Gärtnerweisheit: »Trau keinem Garten, in dem kein Wildkraut wächst!« Meine besondere Zuneigung gilt den Imkern, deren Bienen die Blüten bestäuben.
Neben dem »Urban Gardening« gibt es noch das »Guerilla Gardening«. Das ist das mehr subversive Werfen von Kügelchen mit verschiedenen Saaten, die sich dann wild ausbreiten. Und natürlich gibt es auch das »Digital Gardening«. Das sind Apps für das Smartphone, die einem sagen, wie eine Pflanze heißt und wie man sie pflegen muss.
Die Hauptforderung in den USA ist: »Reclaim the Commons!«, auf Deutsch etwa: »Erobert die Allmenden zurück!« Die Allmenden waren früher gemeinschaftlicher Besitz der Bauern, bevor sie von den Adligen gestohlen wurden. Heute ist es Aufgabe der Initiativen von Menschen, dieses gestohlene Land wieder für die gemeinschaftliche Gartenarbeit zurück zu gewinnen.
Im Dezember habe ich dann gesehen, dass der Nachbarschaftsgarten an der Ecke Schreinerstraße/Voigtstraße abgeholzt war. Die Politiker nehmen den Leuten die letzten Oasen weg. Das ist krank.

Literatur: Brita Reimers (Hrsg.), Gärten und Politik. Vom Kultivieren der Erde, München 2010, oekom Verlag.

Insektenhotel in den Prinzessinnengärten am Moritzplatz in Berlin-Kreuzberg, Mai 2014, fotografiert vom Autor

9. Hauptstadt der Mahnmale

In der Mitte Berlins sind es vor allem vier Mahnmale, die beeindruckend sind und sich gut an einem Tag besuchen lassen.
Das bedeutendste Mahnmal Berlins ist sicher das Holocaust-Mahnmal des New Yorker Architekten Peter Eisenman, das 2005 eröffnet wurde. Es wird auch als »Mahnmal für die ermordeten Juden Europas« bezeichnet. Dem Holocaust fielen 6 Millionen Juden zum Opfer. Das große Mahnmal, das einen ganzen Block bedeckt, ist direkt in die Mitte Berlins neben das Brandenburger Tor gepflanzt. Unübersehbar. Die Mutter aller Berliner Mahnmale. Das Mahnmal geht auf die unermüdliche Arbeit der Journalistin Lea Rosh zurück. Die 2.711 grauen Betonquader oder Stelen erinnern an Sarkophage auf Friedhöfen. Zwischen den Quadern, die teilweise höher als Menschen sind, kann man hindurchlaufen. Der gewellte Boden zwischen den Quadern soll ein Gefühl der Unsicherheit vermitteln. Hinzu kommt eine beängstigende Enge im Zentrum des Mahnmals. Die unpassenden Bäume innerhalb des Denkmals wurden auf Wunsch eines bekannten deutschen Bundeskanzlers gepflanzt. Wahrscheinlich wollte er das Mahnmal etwas aufhübschen. Unter der südöstlichen Ecke des Mahnmals befindet sich ein Informationszentrum mit vier Ausstellungsräumen, das kostenlos betreten werden kann.
Das Holocaust-Mahnmal steht jetzt fast 10 Jahre und hat der Kritik standgehalten. Nur den Jugendlichen kann man nicht abgewöhnen, von einer Stele zur nächsten zu hopsen. Das Holocaust-Mahnmal mag ein künstlerisch sehr

gelungenes Mahnmal sein, aber es funktioniert nicht. Es wird von den Jugendlichen als Abenteuerspielplatz wahrgenommen. Wenn Peter Eisenman die Sarkophage höher gebaut und weiter auseinander gerückt hätte, dann hätte es kein Problem gegeben.

Gleich nebenan im Tiergarten befindet sich neuerdings auch das Mahnmal für die während der nationalsozialistischen Herrschaft ermordeten Sinti und Roma. Es ist im Zentrum eine kreisrunde schwarze Wasserfläche. Der schwarze Wasserspiegel reflektiert den Himmel. In der Mitte des Wassers liegt eine Blume auf einem Stein. Um das Wasser herum sind auf hellen Steinplatten die Orte der Vernichtung eingraviert. Über allem erklingt ein einsamer Geigenton. Das Mahnmal stammt von dem israelischen Bildhauer Dani Karavan und liegt recht versteckt inmitten der Vegetation, so dass der Besucherandrang noch nicht so groß ist.

Auch das Elser-Denkmal befindet sich ganz in der Nähe des Holocaust-Mahnmals, an der Ecke Wilhelmstraße/An der Kolonnade. Es erinnert an den Hitler-Attentäter Georg Elser (1903-1945) und an seinen gescheiterten Anschlag im Münchner Bürgerbräukeller im November 1939. Das Denkmal wurde von dem Berliner Künstler Ulrich Klages entworfen. Es ist eine 17 Meter hohe filigrane Stahlskulptur, die sich eindringlich vom Himmel abhebt und nachts sogar leuchtet. Das Denkmal entstand auf Initiative des Schriftstellers Rolf Hochhuth und wurde im November 2011 eingeweiht. Es gab insgesamt etwa 200 Entwürfe für das Denkmal. Auch Johannes Grützke hatte sich an dem Wettbewerb mit einem Entwurf beteiligt und war erbost, dass er den Wettbewerb nicht gewonnen hat. Das Modell von Grützke, das aus

einem kauernden Elser mit Bombe auf einem Sockel bestand, wäre auch nicht schlecht gewesen.
Wenn man Unter den Linden etwas Richtung Alexanderplatz hinaufläuft, gelangt man an Schinkels klassizistische »Neue Wache« mit der bedeutenden Skulptur »Pieta« von Käthe Kollwitz (1867-1945). Käthe Kollwitz hatte ihren Sohn im Ersten Weltkrieg verloren. Die Gedenkstätte erinnert an die Opfer von Krieg und Gewaltherrschaft. »Nie wieder Krieg!« Mir ist Käthe Kollwitz irgendwie zu pathetisch, aber das ist eben Geschmackssache. Die Militaristen in Deutschland jedenfalls scharren schon wieder unruhig mit den Füßen und würden am liebsten nicht nur deutsche Waffen sondern auch Soldaten in alle Welt schicken.

Das Elser-Denkmal in der Wilhelmstraße, Juni 2014, fotografiert vom Autor

10. Der 1. Mai 2014 in Kreuzberg

Es ist Donnerstag, der 1. Mai, 5 vor 12. Ich sitze auf dem Mariannenplatz in Kreuzberg 36 auf einer Bank, während die Besucher des »MyFest« an mir vorbei strömen. Man kann viele Sprachen hören. Die Oranienstraße und die Mariannenstraße sind voll mit türkischen Imbissständen und Grills, ein paar Inder sind auch darunter. Das Wetter ist schön, wie meist am 1. Mai, etwa 20 Grad Celsius. Vor mir liegt das Bethanien. Am Ende des Mariannenplatzes steht meine alte Berufsschule für das graphische Gewerbe, die heute die Nürtingen-Grundschule von Kreuzberg ist. Direkt hinter der Schule stand früher die Berliner Mauer. Jetzt steht sie schon seit fast 25 Jahren nicht mehr. Es ist nichts mehr von ihr zu sehen. Ein komisches Gefühl, dass man heute einfach weiterlaufen kann, bis nach Riga, wenn man möchte.

Vom Moritzplatz mit den Prinzessinnengärten kommt man vorbei am Oranienplatz mit dem Protestcamp der afrikanischen Flüchtlinge. In der Oranienstraße hängt ein Transparent aus dem Fenster. »Ich bin Volker – Du bist Vollkasko – Wir sind Rudi Dutschke – Ihr seid Rudi Mentär«. Der Feuerwehrbrunnen von Kurt Mühlenhaupt am Mariannenplatz hat noch immer kein Wasser. Kinder sind auf die Feuerwehrmänner geklettert. Bunte Luftballons werden verkauft. Der Geruch von brennender Holzkohle liegt in der Luft. Selbsternannte Grillmeister versuchen, Fleisch zu grillen, ohne es anzukokeln, was nicht immer gelingt. Einige Hühnchenschenkel sehen schon bedenklich schwarz aus.

Das »MyFest« ist ein Versuch, den politischen 1. Mai zu einem Frühlingsfest umzuinterpretieren. Und tatsächlich blühen die Kastanien so schön weiß und rot. »MyFest« hört sich irgendwie cool und englisch an. Ich pilgere zurück zum Görlitzer Bahnhof, um meine U-Bahn zu nehmen. Massen von Menschen quellen mir entgegen, vor allem junge Menschen. Später höre ich im Radio, dass 40.000 Besucher auf dem MyFest waren und dass die Zugänge wegen Überfüllung gesperrt werden mussten.
Zur antikapitalistischen Walpurgisnacht gestern im Wedding kamen 3.000 Demonstranten. Die Polizei ließ ganz erleichtert verlauten, dass nichts passiert ist. Zur »Revolutionären 1. Mai Demo«, die um 18 Uhr stattfindet, sind allerdings 7.000 Polizisten eingesetzt. Darunter sind Bundespolizisten, Berliner Polizisten sowie Polizisten aus 9 weiteren Bundesländern. Die dürfen in Berlin mal üben, wie das mit Militanten ist, weil es so was in ihren Bundesländern nicht gibt. Es werden 10.000 Demonstranten erwartet. Letztlich waren es dann 25.000 Teilnehmer, die zur SPD-Parteizentrale zogen, die als Zentrum des deutschen Kapitalismus und der Reaktion wahrgenommen wird. Außergewöhnliches ist allerdings bei der Demo nicht passiert, keine Straßenschlachten. Der Innensenator hat der Polizei gratuliert. Auch die Neonazis wollten eigentlich am 1. Mai für ein »ordentliches, sauber-deutsches Kreuzberg« demonstrieren, haben aber dann doch keine Lust auf Prügel gehabt.
Wenn ich noch jung wäre, dann hätte ich auch gegen den Kapitalismus und gegen die Gentryfizierung demonstriert. Aber jetzt bin ich alt und denke an mein altes eingemauertes Biotop Kreuzberg zurück. Und da wir den 1. Mai haben, denke ich auch an die Millionen von Arbeitslosen in Deutschland, die am Existenzminimum vegetie-

ren müssen. Der Kapitalismus ist halt eine Gesellschaftsordnung, in der man sein Leben lang Existenzangst hat. Oder werden die Millionen von Arbeitslosen vielleicht von der Regierung produziert, um den Menschen Existenzangst einzujagen?
Aber auch die so genannten Beschäftigten in Deutschland werden durch prekäre Beschäftigungsverhältnisse, Leiharbeit, Minijobs, Praktika, 1-Euro-Jobs, Teilzeit, Werkverträge etc. gequält. Eine sichere Lebensexistenz lässt sich darauf jedenfalls nicht aufbauen. Und wenn du in Hartz IV bist, fallen die Sachbearbeiter und Sachbearbeiterinnen des Jobcenters über dich her.

Transparent in der Oranienstraße, 1. Mai 2014, fotografiert vom Autor

11. Literatursalons

Die hoffnungsvollen Autoren und Autorinnen der Steglitzer Autorenwerkstatt sitzen auf ihren Stühlen im Kleinen Salon der Schwartzschen Villa, jeden Montag am Abend. »Letztes Wochenende habe ich 70 Seiten geschrieben!«, sagt der eine Autor. »Ich konnte nichts schreiben«, antwortet der andere etwas kleinlaut. Die prächtige, ja atemberaubende Dame des Salons begrüßt die Gäste und stellt den heutigen Vorleseautor vor. Sie trägt weiß-schwarze Pythonlederpumps. Der Vorleseautor nimmt mit seinem Kindle am Vorlesetisch unter der Lampe Platz.

»Pinkele nie von einer Brücke, wenn sich darunter eine Eisenbahnlinie befindet!« Denn du wirst höchstwahrscheinlich die Starkstromleitung treffen, woraufhin dein Geschlechtsteil verkohlt. Diese Lebensweisheit vermittelte uns der Autor der Steglitz-Zehlendorfer Autorenwerkstatt mit seiner Geschichte. Bedauerlicherweise war der Vorfall mit dem Tod des Protagonisten verbunden. Bald wurde bei der Lesung klar, dass der junge aufstrebende, an den Stahlgewittern geschulte Autor über das verkohlte Geschlechtsteil seines Vaters vortrug. Ich vermutete, dass er vielleicht ein psychoanalytisches Problem mit seinem Vater hätte.

Nach dieser Geschichte beschloss ich, einen anderen Literatursalon aufzusuchen, den abwechslungsreichen »Buchhändlerkeller« in der schnieken Carmerstraße 1 im schniekesten Charlottenburg. Dort treffen sich die Generation Ü 80 und die Alt-68er, um den Lebenserinnerungen von Klaus Wagenbach (auch Ü 80) zu lauschen. Ich

muss zugeben, dass Klaus Wagenbach immer noch Massen anzieht und nette Anekdoten von früher erzählt. Der Buchhändlerkeller ist in Wirklichkeit gar kein Keller, sondern ein schicker Laden im Erdgeschoss. Na gut, ab und zu trifft man dort auch ältere Buchhändlerinnen. Der Eintritt kostet 5 Euro, ermäßigt 3 Euro.
Ich beschloss, einen anderen Literatursalon aufzusuchen, eine Autorinnenlesung in der historischen Friedenauer Buchhandlung »Der Zauberberg«. Eintritt auch 5 Euro, aber dafür kann man zum Schluss seinen Geist in kostenlosem Rotwein oder/und Weißwein ersaufen, die aufs Haus gehen. Die Autorin des Aufbau-Verlags bemühte sich, die belanglose Geschichte von jüdischen Erben vorzulesen, die ihr Grundstück irgendwo in Brandenburg wiederhaben möchten. Es war schon ihr dritter Roman. Ihre Lesung beendete die Autorin mit Bemerkungen von geistigen Vögeln. Äh, ich habe, glaube ich, die Buchstaben verwechselt, es muss natürlich heißen: Vom … Da traf es sich gut, dass es im Anschluss reichlich Wein gab.
Die kostenlose Lesung dreier heimatvertriebener Lyrikerinnen in einer Schöneberger Klempnerei war auch recht skurril. Dafür gab es nicht nur erstklassigen Merlot, sondern auch selbstgebackenen Kuchen gratis. Die Gedichte reichten von Naturlyrik (Die 4 Jahreszeiten) über expressionistische Wortungetüme bis zu Jugenderinnerungen (mehr oder weniger ungereimt).
Die Berliner Literatursalons wurden 1780 von Henriette Julie Herz (1764-1847) gegründet, die wahrscheinlich nicht geahnt hat, was sie damit anrichtet. Damals hieß es: »Wer den Gens'darmenmarkt und Madame Herz nicht gesehen hat, hat Berlin nicht gesehen.« Sie war jüdischer Abstammung, trat aber 1817 zum protestantischen Glauben über. Ihr Grab befindet sich auf dem Friedhof vor

dem Halleschen Tor in Kreuzberg. Inzwischen gibt es so viele Literatursalons in Berlin, dass man gar nicht überall dabei sein kann. Täglich soll es in Berlin etwa 1.400 Kulturveranstaltungen geben. Da muss man sich schon die Rosinen herauspicken.
Jetzt muss ich mich erstmal erholen von den Berliner Hauptstadt-Literatursalons und Lesebühnen. Falls ich nach all dem Wein wieder zu Kräften kommen sollte, kann ich vielleicht weitere Berichte verfassen. Die unermessliche Schar der Literaten hat sich in der Zwischenzeit bestimmt wieder etwas Neues ausgedacht.

Henriette Herz, Gründerin der Berliner Literatursalons

12. Werder an der Havel

Was wäre der Berliner ohne Ausflüge ins brandenburgische Umland? Ein bleicher Wurm in einem Betondschungel. Wenn man die Hälfte seines Lebens eingemauert war, weiß man Ausflüge zu schätzen. Und besonders nach der schönen Inselstadt Werder am Ufer der Havel. In Werder gibt es sogar einen Weinberg, den Wachtelberg, dessen Trauben im Herbst köstlich schmecken. Im Frühjahr gibt es das Baumblütenfest, bei dem man in Obstgärten Obstwein trinken kann. Im Sommer locken die süßen Werderschen Kirschen. Und auch im kalten Winter, wenn die Havel zugefroren ist, lohnt sich der Weg nach Werder.
Nach Werder im Havelland kommt man mit dem Zug, mit dem Auto oder mit dem Fahrrad. Mit dem Auto fährt man einfach nur über die B 1, von Steglitz nach Zehlendorf, Wannsee, Potsdam, Geltow und schon ist man in Werder. Werder ist eine Insel in der blauen Havel mit Schilfgürteln und Kopfweiden, Stockenten, Blässhühnern und Möwen. Es gibt eine echte italienische Eisdiele, eine Fischräucherei und eine Kleingartenkolonie, außerdem viel Kopfsteinpflaster und alte Gaslaternen. Ein deutscher verschlafener Mikrokosmos des Jahres 2014.
Der berühmteste Werderaner ist der Maler Karl Hagemeister, der 1848 auf der Inselstadt, Kirchstraße 14, geboren wurde und 1933 auch dort starb. Er war ein reiner Naturmaler. Etwas anderes kann man in Werder wahrscheinlich auch nicht erwarten. Die größte Sammlung seiner Gemälde befindet sich im Bröhan-Museum in Berlin-Charlottenburg. Kaum einer konnte das Licht, die

Bäume und das Wasser der Mark besser malen als er. Übrigens ist Werder nur ein anderes Wort für »Flussinsel«.
Die Werderaner müssen früher recht stark gewesen sein, denn sie haben den Wein und das Obst mit Kähnen stromaufwärts bis nach Berlin gerudert. Dann kamen in der zweiten Hälfte des 19. Jahrhunderts Dampfschiffe und die Eisenbahn auf, so dass das Rudern überflüssig wurde.
Schließlich möchte ich noch den Dichter und Anthroposophen Christian Morgenstern (1871-1914) erwähnen, dessen bekannte »Galgenlieder« (Berlin 1905) zuerst auf dem Galgenberg von Werder vorgetragen wurden. Die Galgenlieder gelten als besonders humoristische, sprachspielerische Dichtung. Am bekanntesten ist wohl seine Zeile: »Es war einmal ein Lattenzaun, mit Zwischenraum, hindurch zu schaun.« Neuerdings gibt es auf dem Galgenberg von Werder, auf dem früher die Verurteilten gehängt wurden, ein Christian-Morgenstern-Museum. Vom Galgenberg aus hat man eine wunderbare Sicht auf die Havel und das Havelland.

Geburtshaus von Karl Hagemeister in Werder an der Havel, März 2014, fotografiert vom Autor

13. Onkel Ho, Vietnam und die Pho-Bo-Suppe

Heute sind die vielen vietnamesischen Restaurants aus dem Berliner Straßenbild nicht mehr wegzudenken. Aber wie kam es eigentlich dazu? Das erste Mal, dass ich etwas von Vietnam hörte, war um 1966, als unser Geschichtslehrer an unserer Westberliner Schule uns erklärte, wie die glorreiche US-Armee den Vietnamkrieg gewinnen würde. Wie wir wissen, kam es dann anders. Ab 1968 ertönten auf dem Kurfürstendamm jahrelang die Rufe »Ho, Ho, Ho Chi Minh« und »USA - SA - SS« der demonstrierenden Studenten.

In den 1970er Jahren hatten die Obergenossen der DDR-Führung in Ost-Berlin dann die Idee, Gastarbeiter aus dem sozialistischen Bruderland Vietnam nach Deutschland zu holen. Man dachte sich: Die westdeutschen Unternehmer verdienen so schön an den Billig-Türken. Da können wir doch die Vietnamesen auch für Minilöhne bei uns arbeiten lassen. Falls notwendig, können wir die Vietnamesen ja immer noch zurückschicken. Dann kam 1989, die Mauer war weg und die vietnamesischen Gastarbeiter in der DDR waren plötzlich arbeitslos und blieben hier.

Die ersten Jahre nach dem Mauerfall verkauften viele Vietnamesen illegal unversteuerte Zigaretten aus Ost-Europa, die auch so schmeckten. Das Ganze inklusive Mafia-Morden. Dann übernahmen sie die Berliner Blumenläden und schließlich wurden viele vietnamesische Restaurants eröffnet. Ihre besondere Spezialität ist die

Pho-Bo-Suppe, wobei Pho Suppe bedeutet, und Bo Rindfleisch. Die Suppe besteht aus Rindfleischstreifen, Reisbandnudeln, Sojasprossen, Frühlingszwiebeln und Korianderblättern. Dazu gibt es rote scharfe Chilis und Zitrone. Die Pho-Bo-Suppe ist so etwas wie die vietnamesische Nationalspeise.

Das kam mir in den Sinn, als ich las, dass Onkel Ho, auf Vietnamesisch Bac Ho, am 2. September 2014 seinen 45. Todestag hat. Ho Chi Minh war nur einer von seinen über 50 Decknamen, denn er wurde von der französischen Sûreté verfolgt und musste häufig seinen Namen wechseln. Hinzu kommt der 60. Jahrestag der Schlacht von Dien Bien Phu (März bis Mai 1954), mit der Frankreich endgültig aus Asien verscheucht wurde.

Und dann war da noch der Vizekanzler der Bundesrepublik Deutschland Philipp Rösler von der FDP, auch ein Vietnamese. Aktuell holt die Bundesregierung hunderte vietnamesische Altenpfleger nach Deutschland. Das Problem ist nur, dass die deutschen Senioren den vietnamesischen Akzent nicht so richtig verstehen. Und die vietnamesischen Altenpfleger haben Probleme mit der undeutlichen Aussprache der Senioren.

14. Street Art

Ja, ich weiß, Street Art ist schon seit über 25 Jahren groß in Mode. Ben Wargin hat sogar schon 1975 seinen Weltbaum an eine Hauswand in Charlottenburg gemalt. Street Art heißt natürlich auf Deutsch »Straßenkunst«. Street Art wird immer beliebter, weil sie kostenlos ist und von jedem besichtigt werden kann. In Berlin gibt es schon ganze Scharen von Street Art Touristen. Die Stadt ist eine Galerie im Vorübergehen. Früher haben die Kulturbehörden höchst offiziell Kunst in den öffentlichen Raum gestellt. Und das Ergebnis war mehr: Na ja. Heute stellen die Künstler selbst ihre Kunst auf die Straße, ohne jemanden um Erlaubnis zu fragen. Das ist Street Art.
Der weltweit berühmteste Street Art Künstler heißt Banksy. Er sprüht seine intelligenten Graffiti auf Wände. Er hat auch in Berlin gewirkt, aber man weiß nichts über ihn, weil er anonym bleibt.
Street Art kann alles Mögliche sein, von einfachen Graffiti (Tags) über Schablonen sprühen (Stencils) bis zu angekleisterten Plakaten (Paste-Ups). Die Spraydosen wurden von den Künstlern meist im Autozubehörhandel geklaut. Manche bezeichnen Street Art als Gekritzel und Sachbeschädigung. Früher wurden auch S-Bahnen und U-Bahnen verschönert, aber die Polizei scheint den Kleinkrieg mit den Sprayern inzwischen gewonnen zu haben. Die meisten Jugendlichen beschäftigen sich heute nicht mehr mit dem Besprayen von Wänden, sondern mit ihren Smartphones.
Da ich im Jahr 2013 einige Kilometer durch Berliner Straßen gelaufen bin, ist mir natürlich auch Street Art

begegnet. Ich möchte nur drei Beispiele erwähnen, auf die ich getroffen bin.
Da ist als erstes die East Side Gallery, die ich anlässlich ihres Teilabrisses besucht habe. Die East Side Gallery befindet sich auf einem längeren Stück der Mauer am Ufer der Spree in Friedrichshain, nahe der Oberbaumbrücke. Wegen der Bilder auf der Gallery hat man sich nicht getraut, die Mauer an dieser Stelle abzureißen. Die großen bunten, lebenslustigen Köpfe des französischen Künstlers Thierry Noir gefallen mir ganz gut. Das Werk trägt den Titel »Hommage an die Junge Generation«. Noir begann schon 1984 mit dem Bemalen der Berliner Mauer, damals natürlich nur auf der westlichen Seite. Die sämtlichen Bilder der East Side Gallery wurden bald nach dem Mauerfall im Jahr 1989 gemalt. Sie sind daher ein frühes Beispiel für Street Art in Berlin. Überhaupt sind die Bezirke Kreuzberg und Friedrichshain (Berghain) bis heute Zentren der Kunstszene und der Street Art.
Seit etwa 2010 trifft man in Berlin auch auf »Guerilla Knitting«, auf Deutsch etwa »Straßenstrick«. Das sind bunte, gestrickte Arbeiten, mit denen Gegenstände wie Bänke, Pfosten, Laternen, Pumpen, Fahrräder, Bäume etc. überzogen werden. Im Grunde kann man alles mit Strickware einpacken. Dadurch wird die Straße sehr fröhlich. Das Knitting lenkt die Aufmerksamkeit auf Dinge und Pflanzen, die man sonst gar nicht genug wertschätzt. In Friedenau gab es ein sehr schönes Guerilla Knitting, bei dem eine Laterne und ein Fahrrad bestrickt waren. Leider ist das Objekt Vandalen zum Opfer gefallen, die es angezündet haben. Aber die strickenden Frauen machen weiter, wie ich beim jüngsten Atelierrundgang »Kultour« erfahren habe. Die etwa 20 strickenden Frauen

aus Friedenau nennen sich »Social Knit Work Berlin« und haben ihren Laden in der Stubenrauchstraße 46.
Als Drittes möchte ich die »Liebesschlösser« erwähnen, die an einigen Brückengeländern in Berlin hängen, obwohl man darüber streiten kann, ob das Kunst ist. Die Liebesschlösser sind kleine Vorhängeschlösser mit Herzen und den Anfangsbuchstaben der Liebenden. Dieser Brauch soll aus Köln stammen. Seit Jahren gibt es dort die Liebesschlösser auf der Hohenzollernbrücke über den Rhein. Damit die Liebe ein Leben lang hält, wird der Schlüssel für das Schloss in den Rhein geworfen. In Paris soll an Brücken über die Seine schon das Geländer abgebrochen sein, weil die Last der Liebesschlösser zu schwer war.

Bilder von Thierry Noir auf der East Side Gallery in Friedrichshain, März 2013, fotografiert vom Autor

15. Karneval der Kulturen

Zum Karneval der Kulturen (KdK) in Berlin kommen jedes Jahr mehrere hunderttausend Besucher – allein zum Straßenumzug am Pfingstsonntag vom Hermannplatz über Hasenheide, Südstern, Gneisenaustraße bis zur Yorckstraße. Im Jahr 2014 waren über 80 Gruppen aus vielen Ländern am Umzug beteiligt. Es war ein Tanz der Vielfalt, der Berlin gezeigt hat, wie es heute ist. Mit vielen Kostümen, mit viel Musik, mit viel Energie, mit vielen Nationen, mit viel Freude. Diversity is Beautiful. Und die Sonne hat ausnahmsweise auch geschienen! Es war heiß – 31 Grad im Schatten, so heiß wie seit Jahrzehnten nicht mehr. Zum Glück gibt es viele Schattenbäume an der Strecke. Getränke mit zerkleinertem Eis waren der Renner. Das Publikum bestand aus ganz normalen Berlinern und aus Touristen aus aller Welt. Zum richtigen Straßen-Karneval am Rosenmontag bekommen die Berliner Eingeborenen bekanntlich keinen größeren Event gebacken.

Man könnte dazu sagen: »Na und? Ein Karneval ist ein Karneval ist ein Karneval! Was ist so Besonderes daran?« Aber so einfach sind die Dinge und die Menschen nicht in Berlin. Der Karneval der Kulturen ist eine hochpolitische Angelegenheit. Die Zeiten des Führers sind noch gar nicht so lange her. Was würde Adolf Hitler dazu sagen, dass so genannte schwarze Untermenschen durch die Straßen von Berlin tanzen und auf ihren Buschtrommeln dröhnen? Für die Berliner Nazis ist der Karneval der Kulturen mit Sicherheit ein jährlich wiederkehrender Albtraum. Ich jedenfalls habe ein kleines 6-Minuten-

Video vom Karneval mit meiner Digitalkamera aufgenommen, als Dokument von einem historischen Ereignis. Multi-Kulti ist in Berlin nicht gescheitert. Multi-Kulti ist noch sehr lebendig.

16. Der linke Hegelianismus: Michail Bakunin

Beinahe hätte ich den 200. Geburtstag von Michail Bakunin am 30. Mai 2014 verschlafen, wenn mir nicht ein Freund in München einen Zeitungsartikel von Ulrich M. Schmid zugeschickt hätte. Das ist die Gelegenheit, an die drei Koryphäen des 19. Jahrhunderts zu erinnern: Hegel, Marx und Bakunin. Alle drei waren an der Berliner Universität Unter den Linden, und das nicht zufällig. Georg Wilhelm Friedrich Hegel (1770-1831) war von 1818 bis zu seinem Tod 1831 Professor für Philosophie in Berlin. Karl Marx (1818-1883) war von 1836 bis 1841 als Student an der Berliner Universität, wo ihn der Hegelianismus stark beeinflusste. Und Michail Alexandrowitsch Bakunin (1814-1876) studierte auch von 1840 bis Frühjahr 1842 drei Semester Philosophie in Berlin, in einer Epoche, die als Vormärz bekannt ist, das heißt in der Zeit vor der Märzrevolution von 1848.

Wie kam es, dass Hegel als preußischer Professor von Königs Gnaden einen so großen Einfluss auf das revolutionäre Denken des 19. Jahrhunderts, ja auf den gesamten Kommunismus und Anarchismus hatte? Nach Hegels Tod bildeten sich in den 1830er Jahren in Berlin zwei Denkrichtungen heraus, die Rechtshegelianer und die Linkshegelianer (Junghegelianer). Die Rechten waren natürlich monarchistisch eingestellt, die Linken republikanisch und revolutionär und wurden entsprechend vom Staat unterdrückt. Hegel selbst, obwohl bürgerlich, war durchaus bereit gewesen, konservative Sätze von sich zu

geben, wenn er bspw. sagt, dass die Wirklichkeit und die bestehende monarchistische Ordnung notwendig und vernünftig seien. Aber Hegel lehrte auch seine Dialektik, in der die Geschichte der Menschheit als ein Prozess von Widersprüchen dargestellt ist, der letztlich zum Fortschritt und zum Durchbruch der Vernunft führen werde. In der Dialektik lag der Sprengstoff. Der zentrale Punkt der Dialektik war die Veränderung, auch die gesellschaftliche und die politische Veränderung. Und politische Veränderung war natürlich für die preußische Monarchie ein Albtraum. Die Dialektik war der Ansatzpunkt der Linken, die eine gesellschaftliche Veränderung im deutschen Vormärz forderten. Marx hat einmal formuliert, dass die linken Hegelianer die Vernichtung der überlieferten Religion und des bestehenden Staats wollten. Damals war die Philosophie von der Universität noch gesellschaftlich relevant. Heute würde das wohl keiner mehr behaupten.
Es ist bekannt, dass Marx den Hegel vom Kopf auf die Füße gestellt hat. Aus dem Idealismus von Hegel (Das Bewusstsein bestimmt das Sein) hat Marx den berühmten Satz gemacht: »Das Sein bestimmt das Bewusstsein.« Von Feuerbach übernahm Marx den Materialismus, von Hegel die Dialektik. So entstand der »Dialektische Materialismus« (Diamat) als revolutionäre Philosophie, die im 20. Jahrhundert weltweit eine so große Rolle gespielt hat. Karl Marx hat den linken Hegelianismus vielleicht am besten in dem revolutionären Satz zusammengefasst: »Die Philosophen haben die Welt nur verschieden interpretiert; es kommt aber darauf an, sie zu verändern.« Dieser Satz steht heute in goldenen Buchstaben in der Eingangshalle der Berliner Universität. Die bürgerlichen

Professoren der Bundesrepublik Deutschland haben sich bis jetzt nicht getraut, ihn abzumontieren.
Marx und Bakunin waren beide in der Blütezeit des linken Hegelianismus groß geworden, unterschieden sich aber bspw. in der Rolle des Staates für die zukünftige Gesellschaft. Für Marx war der Staat zentral im Sozialismus und sollte erst später im Kommunismus absterben. Marx nannte Bakunin einen »sentimentalen Idealisten«, einen »moskowitischen Spion«, eine »theoretische Null«, einen »Intriganten«, dessen Theorie ein »zusammengerafftes Mischmasch« sei. Bakunin nannte Marx einen »arglistigen und hinterhältigen Selbstdarsteller«. Wahrscheinlich hatte Marx letztlich das größere Repertoire an Schimpfwörtern zur Verfügung. Auf dem Kongress der Internationale in Den Haag im September 1872 wurde Bakunin auf Betreiben von Marx dann aus der Internationale ausgeschlossen, worauf die Antiautoritären ihre eigene Internationale gründeten.

Satz von Karl Marx in der Eingangshalle der Humboldt-Universität Berlin. 2013 fotografiert vom Autor. Der junge Mann, der neben dem Satz steht, hatte sein Wörterbuch herausgeholt, um ihn in seine Sprache zu übersetzen.

17. Der rasende Reporter von Egon Erwin Kisch

Sein bekanntestes Buch war »Der rasende Reporter«, das 1924 in Berlin erschien, eine Sammlung von 53 Reportagen, die zeigen, dass Kisch auf Reisen quer durch Europa unterwegs war und merkwürdige Ereignisse gesammelt hat. Egon Erwin Kisch (1885-1948) war der Sohn eines wohlhabenden jüdischen Tuchhändlers in Prag. Die Familie war deutschsprachig. Kisch wurde als Journalist in seiner Heimatstadt Prag vor dem Ersten Weltkrieg bekannt. Dort schrieb er über die Bohème, er interessierte sich für Kriminalfälle, die Unterwelt und für das Leben der Armen. Seine literarischen Vorbilder waren Jan Neruda, Émile Zola und Charles Dickens. Kisch ist ein Autor, der seit 100 Jahren populär geblieben ist und noch immer in fast jeder guten Buchhandlung erhältlich ist. Was war sein Erfolgsgeheimnis?

Kisch war zwar ein Mode-Autor der Weimarer Republik, aber seine Bedeutung geht weit darüber hinaus. Die herausragenden Eigenschaften bei ihm waren die Sachlichkeit, die Fülle der Details und der investigative Journalismus. In unserer Zeit hat das Günter Wallraff wieder erreicht. Aber mit seinem Tempo und seiner literarischen Qualität ist Kisch doch etwas Einzigartiges. Er war ein herausragender Vertreter der Strömung der »Neuen Sachlichkeit«, die sich im Gegensatz zum Expressionismus gebildet hatte. »Der rasende Reporter« von Kisch ist ein Musterbeispiel für die Neue Sachlichkeit, wie Christian Schad in der Malerei ein Musterbeispiel für die Neue

Sachlichkeit war. Schad war es dann auch, der das berühmte Portrait des tätowierten Kisch im Jahr 1928 gemalt hat. Das Bild ist eine Ikone der 1920er Jahre. Wie wir aus der Geschichte wissen, hat sich die Sachlichkeit leider nicht gegenüber dem Fanatismus durchgesetzt.
Kisch schreibt im Vorwort zum Rasenden Reporter:

»*Der Reporter hat keine Tendenz, hat nichts zu rechtfertigen und hat keinen Standpunkt. Er hat unbefangen Zeuge zu sein... Er ist kein Künstler, er ist kein Politiker, er ist kein Gelehrter, - er ist vielleicht jener platte Mensch Schopenhauers, und doch ist sein Werk vermöge des Stoffes sehr wichtig... Nichts ist verblüffender als die einfache Wahrheit, nichts ist exotischer als unsere Umwelt, nichts ist phantasievoller als die Sachlichkeit. Und nichts Sensationelleres gibt es in der Welt als die Zeit, in der man lebt!*«

In diesem Sinn verstand Kisch seine Reportagen als »Zeitaufnahmen«. Was Kisch bis heute so frisch hält, ist die genaue Beschreibung der kleinen Dinge des Alltags, die doch merkwürdig sind. Man sagt sich, ja so war es, das ist doch seltsam. Und deswegen hat man Lust, Kisch zu lesen. Er schrieb natürlich leichte Unterhaltungsliteratur, nichts Theoretisches. Aber eine Tendenz hatte er durchaus, einfach durch die sozialkritische Auswahl seiner Themen. Übrigens wechselte Kisch wenig später offiziell seine Meinung, was die Tendenz betrifft. Er kam zu der Ansicht, dass ein Schriftsteller oder Reporter auch politisch Stellung beziehen müsse.
Kisch lebte von 1921 bis 1933 mit Hauptwohnsitz in Berlin, war aber oft auf Reisen in Europa und in Übersee,

auch in der Sowjetunion. Die goldenen Zwanziger Jahre in Berlin waren auch die goldenen Jahre für Kisch als Reporter. Dabei sind die Reportagen im »Rasenden Reporter« aus ganz unterschiedlichen Zeiten und von ganz unterschiedlichen Orten zusammengewürfelt, so dass absichtlich ein Potpourri entstand. Einige der Reportagen stammen noch aus der Zeit vor dem Ersten Weltkrieg. Das Format des »Rasenden Reporters« war so erfolgreich, dass Kisch noch zwei weitere rasende Reportagenbände folgen ließ, 1926 »Hetzjagd durch die Zeit« und 1927 »Wagnisse in aller Welt«.

Insgesamt acht der 53 Reportagen im »Rasenden Reporter« spielen in Berlin. Schauplätze sind die Berliner Verkehrsmittel, Castans Panoptikum, eine phrenologische Akademie, die Hochschule für Taschenspieler, das Anatomische Museum in der Lindenpassage, das Sechstagerennen im Sportpalast oder das Leichenschauhaus in der Hannoverschen Straße. In der Geschichte »Wat koofe ick mir for een Groschen?« geht es um die Frage, was man für 10 Pfennig bekommt und wofür sie ausgegeben werden. Man erfährt, dass man in der Volksspeisehalle in der Schönhauser Allee für einen Groschen eine Tasse Kaffee bekam, oder einen Napfkuchen, eine Schmalzstulle. Der saure Hering oder das Paar Würstchen kosteten allerdings zwei Groschen.

Da Kisch auch 1905 in Berlin war, habe ich im Berliner Adressbuch von 1905 nachgesehen. Dort gibt es eine »Volks- Kaffee- u. Speisehalle« in der Neuen Schönhauser Straße 13 in Berlin-Mitte. Ich glaube fast, dass Kisch diese Adresse meint. Das verschnörkelte Haus von 1890 steht heute immer noch. Sogar die Aufschrift »Volks- Kaffee- u. Speisehalle« prangt noch an der Fassade. Allerdings befindet sich heute im Erdgeschoss ein modi-

scher Klamottenladen. Denn Mitte ist heute ein schicker Bezirk und im Scheunenviertel wohnen auch keine armen Juden mehr.
Es steht jedenfalls fest, dass damals zur Kaiserzeit eine große Not herrschte und dass es in Berlin zahlreiche Volksspeisehallen gab, in denen man für kleines Geld essen konnte. Daneben gab es auch unentgeltliche Volksspeisungen für die Mittellosen. Statt der Volksspeisehalle bin ich an der bekannten Currywurstbude von Konnopke in der Schönhauser Allee am U-Bahnhof Eberswalder Straße gelandet. Dort kostet eine Currywurst heute allerdings schon 1,90 Euro (Touristennepp).
Heute gibt es in Berlin keine Volksspeisehallen mehr, es gibt nur noch Currywurst-Buden, Döner-Grills und Schawarma-Läden. Eine Zeitlang hatten die Hausbesetzer in Kreuzberg und Friedrichshain »Volksküchen« eröffnet. Aber diese VoKüs gibt es auch nicht mehr, denn »Volk« ist bekanntlich ein nationalistischer Begriff. Deswegen heißen die anarcho-autonomen Küchen jetzt KüfAs (Küchen für Alle). Wer ganz arm dran ist, kann sich für 1 Euro Lebensmittel bei den verschiedenen Ausgabestellen der Berliner Tafel abholen, die allerdings meist nicht schmecken. Die Lebensmittel muss er oder sie dann allerdings selbst kochen, bekocht wird nicht. Ein weiterer Nachteil der Läden der Tafel ist, dass sie oft von Pfarrern umlagert werden, die die Bedürftigen von den Vorteilen des Christentums überzeugen möchten. Da gehen dann viele lieber zu Lidl, Aldi, Penny und Co.
Die Erfahrung des Ersten Weltkriegs an der Front führte Kisch zum Kommunismus. 1919 wurde er Mitglied der Kommunistischen Partei Österreichs, 1925 der KPD. 1928 gehörte er zu den Gründern des *Bundes proletarisch-revolutionärer Schriftsteller*. 1933 wurden alle sei-

ne Bücher von den Nazis verbrannt. Er war gleich dreifach belastet: Als Jude, als Kommunist und als Asphaltliterat. Er hatte Glück, dass er als tschechischer Staatsbürger nach Prag abgeschoben wurde. Kisch musste über Spanien und Frankreich nach Mexiko flüchten. Nach dem Zweiten Weltkrieg kehrte er nach Prag zurück, wo er 1948 starb.

18. Der Döner Kebap

Der Döner ist heute die urberliner Nationalspeise. Aber in meiner Jugendzeit kannte man den Döner noch gar nicht. Er wurde von den türkischen »Gastarbeitern« nach Berlin gebracht und blieb mit ihnen. Erst seit den 1970er Jahren breitete er sich von Kreuzberg auf das gesamte Berliner Stadtgebiet aus. Dabei stand er in Konkurrenz zur traditionellen Berliner Currywurst und Currybulette, die er zunehmend als Schnellimbiss verdrängte. Ich weiß nicht mehr, wann ich meinen ersten Döner gegessen habe, aber wahrscheinlich irgendwann in den 1970er Jahren.

Der Döner ist ein um einen vertikalen Spieß geschichteter Fleischhaufen, der aus Kalbfleisch oder Hühnerfleisch besteht. Schweinedöner gibt es nicht, denn die muselmanischen Türken dürfen bekanntlich kein Schwein essen. Der Döner dreht sich immer im Kreis vor einer Hitzequelle und wird so außen angebraten. Döner Kebap oder Döner Kebab bedeutet im Türkischen »sich drehendes Grillfleisch«. Die oberste gebratene Schicht Fleisch wird mit einem langen Messer abgeschnitten, wodurch sich kleine Fleischstückchen am Fuß des Döners sammeln. Die Griechen haben übrigens auch einen Fleischgrill, aber dort heißt er Gyros, bei den Arabern heißt er Schawarma.

Gastronomische Fakten: Die Grundlage eines Döners ist ein Viertel eines runden Fladenbrotes, Pide genannt. Das Viertel wird eingeschnitten und zunächst innen mit einer Soße bestrichen. In Deutschland gibt es immer drei Soßen zur Auswahl: Kräutersoße, Knoblauchsoße und Chi-

lisoße. Dann kommt das Fleisch in das Brot und anschließend das Gemüse: Zwiebeln, Salat, Rotkohl, Gurken und Tomaten. Anschließend wird meist noch etwas gesalzen. Das ist der normale Döner, der aus der Hand gegessen wird. Bei einem Edeldöner wird noch etwas gebratenes Gemüse und zerkleinerter Schafskäse hinzugefügt. Dazu trinkt man passenderweise einen gekühlten türkischen Ayran, das ist ein Joghurtgetränk. Der Döner kostete 2014 im Schnitt 2 bis 3 Euro, der Ayran 1 Euro.
Nach dem Verzehr eines Döners ist man normalerweise einigermaßen gesättigt. Es gibt auch eine vegetarische Variante, die Falafel heißt. Dann gibt es noch die Variante Dürüm Döner, die mit einem dünnen Fladenbrot statt Pide hergestellt und gerollt wird. Eine weitere Variante ist Lahmacun, eine türkische Pizza, die mit Fleisch und Salat gefüllt werden kann.
Döner ist natürlich nicht gleich Döner. Es gibt sehr gute, gute, mittlere und schlechte Döner, von denen man Bauchschmerzen bekommt. Daher ist es von Vorteil, wenn man die Dönerbude kennt, in der man kauft. Auch der Döner ist nicht von Lebensmittelskandalen verschont geblieben, die als »Gammelfleischskandale« bekannt wurden. Man hatte Mitte der 2000er Jahre festgestellt, dass verdorbenes Fleisch, billigere Fleischsorten oder stärkehaltige Bindemittel in der Dönerproduktion verwendet wurden. Die türkische Presse vermutete allerdings eine Kampagne der Currybudenbesitzer.

19. Stadtmenschen und Landmenschen

Berlin ist wie eine Zwiebel mit mehreren Schalen aufgebaut. Im Zentrum liegen die City-Ost mit Alexanderplatz, Unter den Linden, Friedrichstraße und Brandenburger Tor sowie die City-West mit Breitscheidplatz, Bahnhof Zoo und Kurfürstendamm. In der hektischen Innenstadt wuseln die Menschen durcheinander. Um das Zentrum herum liegt der Innenstadtbereich innerhalb des S-Bahn-Rings. Das sind die Bezirke mit dem höchsten Tempo. Wer dort wohnt, ist der eigentliche Stadtbewohner.
Außerhalb des S-Bahn-Rings liegt der Bereich, der noch relativ städtisch ist und in dem sich noch Mietshäuser befinden. Daran schließen sich die Außenstadtteile an, die an Brandenburg grenzen. Sie sind durch Eigenheime charakterisiert. Dort geht es schon sehr geruhsam und beschaulich zu. Als nächstes folgt der Berliner Speckgürtel innerhalb des Landes Brandenburg, zu dem auch Potsdam gehört. Der Speckgürtel liegt im Wesentlichen innerhalb des Berliner Autobahnrings. Erst jenseits des Speckgürtels beginnt das eigentliche märkische Land mit Landschaften wie Barnim, Uckermark, Prignitz, Spreewald, Fläming oder Lausitz. Nur noch Land mit Getreidefeldern, Seen und Wald. Der Städter fährt gerne mal aufs Land, um sich von der Hektik zu erholen.
Auf dem Land ist das Leben sehr langsam und sehr ruhig, ja fast schläfrig. Auf dem Land ist nichts los, wie man so schön sagt. Der Charakter der Menschen ist entsprechend. Landmenschen ticken ganz anders als Stadtmenschen. Ab und zu trifft man sich im Schützenverein und wählt ansonsten konservativ. Das ist aus der Soziologie

und aus der Politologie ja allgemein bekannt. Der Städter sucht immer etwas Neues, der Landmensch dagegen meidet alles Neue und Ungewohnte. »Das haben wir schon immer so gemacht!«
In der Stadt ist alles größer als auf dem Dorf, und für die Berliner im Speziellen muss alles möglichst groß sein. Die Größe gehört zum Geist von Berlin. Das stammt noch aus den 1920er Jahren, als fast nur von Groß-Berlin gesprochen wurde. Heute dagegen gibt es Megacities auf der Welt, die über 10 Millionen Bewohner haben, aber nicht in Deutschland. In Relation müsste man inzwischen von Klein-Berlin sprechen.
Man muss feststellen, dass Menschen keine Probleme damit haben, in großen Massen zusammenzuleben. Die etwa 30 Megacities, die es heute auf der Welt gibt, sind der Beweis. Ich meine Städte wie Kairo, Istanbul, Tokio, Shanghai, New York City oder Mexiko-Stadt. Berlin ist mit 3,5 Millionen Einwohnern keine Megastadt, sondern für heutige Verhältnisse eine mittelgroße Stadt. Das ist aber kein Nachteil, da man bei dieser Größe auch schon alle Vorteile der kulturellen Vielfalt gewinnen kann.
Berlin ist heute keine Stadt mehr, die dynamisch wächst. Der überwiegende Eindruck ist Stagnation und Besitzstandswahrung. Zwar wird an einigen Stellen etwas Neues gebaut, an anderen Stellen wird aber wieder etwas abgerissen. Schon aufgrund der Demographie in Deutschland wird Berlin zunehmend zu einer Rentnerstadt und Seniorenresidenz. Nur die Hochschulen ziehen noch junge Leute an. Wegen seiner Größe hat Berlin aber immer noch in Deutschland eine interessante Stellung und einige Innovation zu bieten, wenn auch im bescheidenen Umfang, wenn man es mit den Megacities dieser Welt vergleicht.

Das Ambiente der Stadt wird von ihren Gebäuden, ihren Straßen, ihren Plätzen, ihren Denkmälern und ihrem Verkehr geprägt. Architektur und Geschichte sind in der Stadt allgegenwärtig. Und natürlich sind die künstlerischen Aktivitäten der Bewohner sehr wichtig.
Dass es ursprünglich nur Land und Dörfer gab und die Struktur der Zwiebel historisch entstanden ist, zeigen noch heute die Namen vieler Berliner Stadtviertel: Wilmersdorf, Zehlendorf, Schmargendorf, Mariendorf, Reinickendorf, Kaulsdorf, Hellersdorf etc. Diese Dörfer sind längst von der Stadt verschluckt worden und nur noch ihre Dorfauen sind erhalten.
Gelegentlich wurde von der Ahistorizität des Dorfes gesprochen. Das heißt, das dörfliche Leben vollziehe sich immer gleich im Rhythmus der Jahreszeiten. Aber das gilt nur cum grano salis. An einigen Bauernhäusern gibt es bspw. Jahreszahlen. Und es gibt Dorfgeschichten. Das zeigt, dass auch Dörfer ihre Geschichte haben, auch wenn sie nicht so spektakulär ist wie die von Städten.
Seit etwa 10 Jahren gibt es in Deutschland einen deutlichen Trend, dass immer mehr Menschen in die Städte ziehen, während das Land entvölkert wird. Das hängt mit der Auswahl an Arbeitsplätzen in der Stadt zusammen und mit der größeren Abwechslung, die sie bietet. Die brandenburgischen Dörfer werden immer weniger. Nicht nur, weil sie von der Vattenfall GmbH für die Braunkohle abgebaggert werden, sondern auch, weil alle jugendlichen Frauen und Männer längst nach Westdeutschland wegen der Arbeit abgewandert sind. Da bleiben fast nur noch ein paar Rentner übrig, die dafür auch noch weniger Rente bekommen als die westdeutschen Rentner. Ärzte können auf dem Land in Brandenburg auch nicht mehr

bezahlt werden. In Notfällen werden nur noch Sanitäter geschickt.

Man sieht, die Demographie ist fließend. Es gibt nicht nur Stadtmenschen, die immer in der Stadt lebten, und Landmenschen, die immer auf dem Land lebten. Es gibt auch Wandelmenschen. Manche ziehen vom Land in die Stadt, weniger ziehen von der Stadt aufs Land. Andere wandern sogar in ein anderes Land aus oder verbringen nur den Winter auf Mallorca.

20. Mascha Kaléko?!

Eigentlich bin ich ein Gedichtemuffel. Es gibt zwar Ausnahmen, etwa die Verse von Heinrich Heine in »Deutschland. Ein Wintermärchen«:

»Während die Kleine von Himmelslust
Getrillert und musizieret,
Ward von den preußischen Douaniers
Mein Koffer visitieret.

Beschnüffelten Alles, kramten herum
In Hemden, Hosen, Schnupftüchern;
Sie suchten nach Spitzen, nach Bijouterien,
Auch nach verbotenen Büchern.

Ihr Toren, die Ihr im Koffer sucht!
Hier werdet Ihr nichts entdecken!
Die Contrebande, die mit mir reist,
Die hab ich im Kopfe stecken.«

et cetera.

Dann las ich die Reklame des Rowohlt Verlages: »Der erfolgreichste deutsche Lyrikband des 20. Jahrhunderts«. Der Verlag pries die Gedichte seiner Autorin Mascha Kaléko (1907-1975) als »sozialkritische Schärfe« an. Das wollte ich genau wissen. Ihr Buch »Das lyrische Stenogrammheft« erschien 1933 in Berlin, da war die Dichterin gerade mal 26 Jahre jung. Die 8,99 Euro für das Buch haben sich gelohnt.

Ich habe Mascha Kaléko durchgelesen und eigentlich kaum »sozialkritische Schärfe« gefunden, eher eine Menge Melancholie. Die Gedichte sind auch manchmal lustig und intelligent. Für den Zeitgeist der 1920er Jahre in Berlin sind sie eine wichtige Quelle. Sie selbst bezeichnete ihre Gedichte wohl als »Zeitgedichte«.
Was mir beim Lesen noch aufgefallen ist: Ihre jüdische Identität und Herkunft oder das jüdische Berlin werden nicht angesprochen oder gar thematisiert. Die pure Assimilation oder Verdrängung? Die Kinder in ihren Gedichten sind immer »blond«. Obwohl sie selbst die schwärzesten Haare hatte. Die Stichwörter der 1920er Jahre fallen alle: Großstadtmensch – Mietskaserne – Großstadthaus – Autos – Großstadtstraße- Maschine – Lärm - Jazzkapelle – Stadtasphalt – Radio – Kino - Groß-Berlin. Das war womöglich von ihrem Lektor Franz Hessel beeinflusst.
Aktuelle Politik kommt eher nicht vor, trotz der Kämpfe der damaligen Zeit. So hören sich die Gedichte eher nach 1923 an als nach 1933. Mir ist klar, dass man 1933 so ein Buch gerade noch herausbringen konnte. Aber es ist doch großartig aus der Zeit gefallen.
Ihr Milieu ist der bürgerlich-schicke Berliner Westen, nicht etwa der proletarische Osten oder der Norden: Die Tauentzien, die Gedächtniskirche, Grunewald, Havel und Steglitz tauchen auf. Sie gehörte sicher nicht zu den proletarisch-revolutionären Schriftstellern der Weimarer Republik.
Hier ein Ausschnitt aus dem Gedicht »Chor der Kriegerwaisen« von Mascha Kaléko:

»Und kam eines Tages ein Telegramm,
Wenn der Vater schon lang nicht geschrieben –

Dann zog sich die Mutter das Schwarze an,
Und wir waren kriegshinterblieben.

Wir lernten Geschichte und Revolution
Am eigenen Leibe erfahren.
Wir schwitzten für Gelder der Inflation,
Die später Klosettpapier waren.

Wir spüren noch heute auf Schritt und Tritt
Jener <Herrlichen Zeiten> Vermächtnis.
- Und spielt ihr Soldaten, wir machen nicht mit;
Denn wir haben ein gutes Gedächtnis!«

Mascha Kaléko wurde als Golda Malka Aufen 1907 in eine jüdische Familie geboren. Ihre Geburtsstadt war Chrzanów (bei Kraków) im westlichen Galizien, heute in Polen. 1914 floh die Familie vor Pogromen nach Deutschland. Seit 1918 wohnte sie im Scheunenviertel der Spandauer Vorstadt. 1928 heiratete sie den Hebräischlehrer Saul Aaron Kaléko. 1935 erhielt sie von den Nazis Berufsverbot. 1938 flüchtete sie aus Deutschland nach New York City. Den Titel »Lyrikerin der Großstadt« hat sie verdient. Sie hat tatsächlich die Großstadt Berlin besungen. Wäre sie in Berlin geblieben, dann wäre sie in der Gaskammer von Auschwitz gelandet.
Ihr Verleger Ernst Rowohlt (1887-1960) war übrigens eine seltsame Erscheinung. Vier Jahre lang war er deutscher Freiwilliger im Ersten Weltkrieg. Dann hat er jüdische Autoren verlegt. Dann war er NSDAP-Mitglied und Freiwilliger im Zweiten Weltkrieg. Der Rowohlt-Verlag gehört heute zur Verlagsgruppe Georg von Holtzbrinck. Georg von Holtzbrinck war auch ein nicht gerade unbedeutendes NSDAP-Mitglied.

Heute ist Berlin nicht mehr die lärmende Großstadt mit 4 Millionen Menschen auf engstem Raum. Die Stadt ist leiser geworden und hat sich gestreckt. Sie ist eher eine Seniorenresidenz, in die Touristen kommen, um sich die Denkmäler längst vergangener Zeiten und die über 100 Figuren in Madame Tussauds Wachsfigurenkabinett anzuschauen.

Literatur: Mascha Kaléko, Das lyrische Stenogrammheft, Reinbek bei Hamburg 2013, 38. Auflage (!), Rowohlt.

21. Erinnerung an meine alte Alma Mater

Meine Wirtschaftswissenschaftliche Fakultät der Freien Universität Berlin (FUB) liegt noch immer in der Garystraße in Dahlem, nahe beim U-Bahnhof Thielplatz. Dort reihen sich Universitätsbibliothek, Henry-Ford-Bau mit Audimax und die Wirtschaftswissenschaftliche Fakultät, an der ich studiert habe, aneinander. Die Anlage des Campus ist sehr aufgelockert und im amerikanischen Stil, denn die FUB wurde mit Hilfe der US-Amerikaner in den 1950er Jahren erbaut. Zwischen den Gebäuden befindet sich Rasen, auf dem man sich im Frühling und Sommer erholen kann.
Meine alte Fakultät steht noch. Aber was für ein Unterschied zu damals. Die WiWi-Fakultät heißt inzwischen neudeutsch »School of Business« und ist eine Heuschreckenfarm. Zu meiner Zeit in den 1970er Jahren war das anders. Ich war ein begeisterter Student, neugierig und wollte alles wissen. Und ich konnte viel erfahren, denn aufgrund der besonderen historischen Situation, der Studentenbewegung von 1968 an der FUB, gab es am Fachbereich alles. Von kapitalistisch über keynesianisch bis marxistisch und alles dazwischen. Mir hat es dort so gut gefallen, dass ich dort auch promoviert habe. So wurde ich zum Träger des Dr. rer. pol. und zum Alumnus der Freien Universität Berlin.
Ich habe aber damals nicht nur bei den Ökonomen zugehört, sondern bin auch an andere Fachbereiche gegangen. Besonders die Politologen am Otto-Suhr-Institut (OSI) in der Ihnestraße um die Ecke haben mich interessiert. Dort lehrte auch der berühmte Politökonom Professor Elmar

Altvater. Er war 1971 an die FUB berufen worden, um die Studenten zu beruhigen und wieder zum Studieren zu bringen.
Es muss 1975 gewesen sein, als ich ein Referat bei Prof. Altvater hielt. Es ging um den Wirtschaftskreislauf. Ich hatte ein schönes Schaubild mit den Güterströmen und Geldströmen zwischen den Sektoren der Volkswirtschaft kopiert und erläutert und war der Meinung, dass ich doch etwas geleistet hätte. Später ist mir klar geworden, dass ich die Sozialkritik vergessen hatte. Ich habe von Professor Altvater gelernt, dass die kritische Sicht das Wichtigste ist. Vergiss niemals die Sozialkritik!
Man wird sich vielleicht fragen, wie ein marxistischer Ökonom im Jahr 1971 ein deutscher Beamter und Professor werden konnte. Das lag an der Studentenbewegung, an 1968 und am Kalten Krieg. Die Studentenbewegung in der Frontstadt West-Berlin hatte 1968 zum Zusammenbruch der Freien Universität Berlin geführt. Der Senat von West-Berlin versuchte mit aller Macht, die Universität wiederzubeleben. Denn ein Scheitern der Universität wäre für die Kommunisten in Ost-Berlin ein großer Triumph gewesen. Daher holte man ein paar marxistische Professoren an die FUB, die die Studentenbewegung abwürgen sollten und die Studenten wieder zum Studieren bringen sollten. So kam es in dieser einmaligen geschichtlichen Situation dazu, dass marxistische Ökonomen zu deutschen Beamten ernannt wurden. Danach ist kein linker Ökonom mehr an einer bundesdeutschen Universität zum Professor ernannt worden.
Aber warum gab es überhaupt Ökonomen am Fachbereich Politikwissenschaft? Schließlich gab es ja auch einen Fachbereich Wirtschaftswissenschaften, an dem die Studenten Ökonomie studieren konnten. Das hatte wohl

mit der ursprünglichen Philosophie des OSI zu tun. Man war der Meinung, dass die Politikwissenschaftler und vielleicht zukünftigen Politiker auch Ahnung von Wirtschaft haben müssten. Daher wollte man auch Politökonomen am Fachbereich Politik haben. Und so kam Elmar Altvater ans OSI.

Professor Altvaters politischer Lebensweg liest sich wie ein Musterbeispiel der westdeutschen Linken. 1968 war er im SDS aktiv. 1970 gründete er die berühmte Zeitschrift PROKLA (Probleme des Klassenkampfs - Zeitschrift für politische Ökonomie und sozialistische Politik). 1980 war er Gründungsmitglied der Grünen, als dort noch zahlreiche Ökosozialisten versammelt waren. 2007 wurde er Mitglied der Partei der Linken. Außerdem arbeitete er im wissenschaftlichen Beirat von Attac. Professor Altvater schrieb viele Bücher. Ich habe Professor Altvater besonders als ernst blickenden Menschen in Erinnerung, der immer auf Sachlichkeit und auf Sozialkritik aus war.

22. Großbrand im Ökodorf Brodowin

Das Ökodorf Brodowin liegt idyllisch inmitten von Seen und Wäldern im Barnim, einige Dutzend Kilometer nordöstlich von Berlin in der Mark Brandenburg. Nur wenige Kilometer entfernt befindet sich das bekanntere Kloster Chorin an der B 2, in dem Sommerkonzerte stattfinden. Das Ökodorf Brodowin ist ein landwirtschaftlicher Demeterbetrieb, der also nach anthroposophischen Grundsätzen wirtschaftet und noch strengere Grundsätze hat als ein normaler ökologischer Betrieb. Die Produkte von Brodowin sind vor allem Milch, Butter, Käse, Eier, Gemüse, Getreide, Öle, Honig und Salamis. Wenn man die lieben Rindviecher gesehen hat, möchte man allerdings lieber ein Vegetarier sein und auf Salami verzichten können. An Gemüse gibt es im Moment Zucchini, Lauch, Weißkohl, Radieschen, Süßkartoffeln, Tomaten, Auberginen, Möhren, Paprika, Rote Beete oder Fenchel. Das Getreide geht vor allem an die Bäckerei »Märkisches Landbrot« in Berlin, die leckere Bio-Brote bäckt. Mit den Produkten aus Brodowin kann man sich jedenfalls rundum ernähren.

Der Ökoanbau in Brodowin besteht jetzt seit 25 Jahren. Es war eine ehemalige Landwirtschaftliche Produktionsgenossenschaft (LPG) in der DDR. Die landwirtschaftliche Fläche von Brodowin beträgt 1.250 Hektar, davon 700 Hektar Getreideanbau und 25 Hektar Gemüseanbau. Das ist schon ein recht großer Gemüseanbau. Es gibt Arbeitsstellen für 70 Familien. Der Chef der »Ökodorf Brodowin GmbH & Co. Vertriebs KG« ist Ludolf von Maltzan.

In Berlin ist Brodowin besonders durch den »Brodowiner Ökokorb« bekannt. Er kommt mit einem eigenen Lieferservice wöchentlich direkt in die Wohnungen der Berliner Verbraucher. In dem Korb sind wechselnde saisonale Produkte enthalten, die man sich selbst zusammenstellen kann. Im Moment werden bereits 1.500 Kisten in der Woche für Abonnenten gepackt.
Heute ist ein schöner Hochsommertag, 30 Grad Celsius. Es ist Samstag und am Hofladen sind schon einige jüngere Besucher mit ihren Kindern versammelt. Um 11 Uhr finden die Führungen in Brodowin vom Hofladen aus statt. Die Gärtnerin, die uns zwei Stunden lang herumführt, hat eine kräftige Stimme. Zuerst geht es in den Kuhstall. Eine Kuh hat gerade ein Kälbchen bekommen, das von ihr sorgsam abgeleckt wird. Mehlschwalben fliegen in den Ställen durch das offene Dach. Insgesamt gibt es 220 Milchkühe und 220 Kälber der Sorte »Holstein Friesian«. Die Kühe fressen Silage (Gärfutter für Wiederkäuer) oder Gras auf der Weide. Die Gärtnerin meint, die Kühe lieben die Silage, obwohl sie etwas komisch riecht. Das sei so ähnlich wie Sauerkraut. Eine Kuh leckt mit rauer Zunge meine Hand ab.
Zu kritisieren habe ich allerdings, dass die Kälbchen aus ökonomischen Gründen schon nach einer Woche von ihren Müttern getrennt werden und dann allein in kleinen Iglus hausen müssen. Denn die Mütter sind mit ihren Kälbchen emotional sehr verbunden, so dass man ihnen großes Leid antut, wenn man sie von ihnen trennt. Daher kann ich diesem Verfahren nicht zustimmen. Übrigens: Kühe brauchen Schattenbäume auf der Weide, damit sie auch mal der Sommersonne entfliehen können.
Die Hühner in Brodowin haben Auslauf und fressen Grünzeug auf der Wiese, was sie sehr mögen und sicher

auch der Qualität ihrer Eier zugute kommt. Ihr raffinierter Hühnerstall wird von Zeit zu Zeit verschoben, so dass die Hennen immer frisches Grün auf der Wiese haben. Die männlichen Küken werden nicht getötet, sondern zu Suppenhühnern gemästet. Dann gibt es noch einige Ziegenböcke sowie 200 Milchziegen der Sorte »Weiße Deutsche Edelziege«, die sich ebenfalls auf einer Weide tummeln können.
Am 29. Juni 2014 ereignete sich im Ökodorf Brodowin ein großer Brand. Betroffen waren zwei Lagersilos für Stroh und Getreide. Zum Glück kamen keine Menschen zu Schaden. Nur das Gebäude und Maschinen wurden vernichtet. Leider ist ein Kälbchen an Rauchvergiftung gestorben. Der Schaden wird auf 1,3 Millionen Euro geschätzt. Aber alles war versichert. Ob es Brandstiftung oder Selbstentzündung war, weiß man nicht. Inzwischen ist die Brandstelle schon wieder aufgeräumt. Noch in zwei anderen Betrieben im Barnim gab es in letzter Zeit Großbrände. Daher besteht der Verdacht, dass es sich um eine Serie eines Pyromanen handeln könnte.
Auf jeden Fall scheinen mir die Brodowiner Lebensmittel gesünder zu sein als das, was man sonst bekommt. Irgendwie müssen die Pestizide der konventionellen Landwirtschaft ja in den menschlichen Körper kommen. Genmais, Chlorhühnchen und Analogkäse sind ja nur die Spitze eines Eisbergs von verfälschten Nahrungsmitteln. Im ganzen Lebensmittelsektor in Deutschland ist leider noch viel zu viel Betrug, Habgier und Tierquälerei.

Zicklein in Brodowin, Sommer 2014, fotografiert vom Autor

23. Ein chinesisches Mittagessen bei »Good Friends«

Die Hummer im Wasserbecken tun mir leid. Ihre Scheren sind zusammengebunden, damit sie nicht kneifen können. Demnächst werden sie in einen Topf mit kochendem Wasser geworfen. Da muss ich an die christlichen Missionare denken, die in Afrika von den Eingeborenen in einem großen Kessel auf offenem Feuer geschmort wurden.

Punkt 12 am Mittag wird geöffnet. Das ist eine gute Zeit, denn die meisten Gäste kommen erst später. Die chinesischen Kellner bei »Good Friends« sprechen einwandfreies Hochdeutsch, sie müssen hier aufgewachsen sein. Die Kinder bekommen von ihnen Stäbchen, die mit Schießgummi zusammengebunden sind. Damit lässt sich leichter essen. Als Vorspeise ist die Wan-Tan-Suppe zu empfehlen.

Meine Lieblingsspeise bei »Good Friends« ist Tofu mit Meeresfrüchten, Schweinefleisch, Rinderpansen und Gemüse, die in einem heißen Topf serviert wird. Sehr lecker. Dazu gibt es Reis. Und natürlich die Scheibchen von den kleinen scharfen roten Chilischoten, die in Öl und Essig eingelegt sind. Die Köche von »Good Friends« bekommen eine Soße hin, die erstaunlich gut schmeckt. Die Zusammensetzung ist ihr Geheimnis. Jedenfalls ist immer etwas Ingwer drin.

Zum Essen trinke ich meist eine Cola, gern eine große Cola. Süßes Koffein mit Kohlensäure passt gut zu Tofu. Am liebsten sitze ich am Fenster zur Kantstraße. Man

kann den Verkehr der Straße beobachten und bekommt doch wenig vom Lärm mit. Nach dem Essen ist man richtig schön satt. Aber man hat keinen schweren Magen, denn der Reis ist eine leichte Speise.
Besonders gut schmeckt es, wenn man mit guten Freunden zusammen isst. Dann kann man sich zusätzlich noch marinierten Tintenfisch, Algen mit Pilzen oder Pansen mit schwarzen Bohnen bestellen. Soweit meine kleine Anmerkung zur Berliner gehobenen Gastronomie. Die Sterneköche können mich mal.

24. Ratschläge für Autoren

Als Autor hat man es schwer. Der Buchabsatz ist gegenüber dem vergangenen Jahr schon wieder um soundso viel Prozent abgesunken. Und dann macht einem auch noch das Fernsehen Konkurrenz. Neue Bücher verkaufen sich schlecht, schon die alten Bücher schlummern gefühlte Jahrhunderte in den Regalen der Buchhändler vor sich hin.

Mit dem Internet hat sich inzwischen einiges geändert. Im Netz kann jeder sein Buch als E-Book veröffentlichen. Man muss dem Internet und seinem Erfinder Tim Berners-Lee auf ewig dafür dankbar sein.

Trotzdem rate ich allen Autoren, ihr Buch auch auf Papier zu veröffentlichen. Das ist dauerhafter als wenn das Buch in den Clouds des digitalen Nirwanas verschwindet. Schon weil die Deutsche Nationalbibliothek ein Belegexemplar hat. Denn ein E-Book ist nur ein digitales Etwas, das aus ganz vielen Nullen und Einsen besteht, besonders aus Nullen.

Es gibt nicht wenige Autoren, die jahrelang 20, 30 oder noch mehr Verlage angeschrieben haben, ohne eine positive Antwort zu bekommen. Meist wird einem nur alles Gute für das weitere Leben gewünscht. Dabei haben sich die meisten Autoren mit ihren Werken wirklich große Mühe gegeben. Manche Bücher brauchen aber trotzdem noch ein gründliches Lektorat, weil es mit den Fakten, mit dem Ausdruck oder mit der deutschen Grammatik hapert.

Intellektuell indiskutabel sind sowieso die großen Konzernverlage. Die sind nur auf kommerziellen Maximalprofit getrimmt. Daneben gibt es jedoch kleine unabhängige Verlage, die noch etwas Selbstachtung haben. Ich spare mir hier eine Liste der Berliner Verlage (es sind ziemlich viele).

Es gibt auch noch die Möglichkeit eines Selbstverlages. Schließlich gelten in Deutschland noch die Meinungsfreiheit, die Pressefreiheit und die Wissenschaftsfreiheit.

Trotz all der Schwierigkeiten rate ich Autoren, ihre Werke zu veröffentlichen, bzw. es zu versuchen. Denn beim Publizieren sammelt man viele Erfahrungen, die man sonst nicht so günstig bekommt. Lassen Sie sich nicht entmutigen! Sprechen Sie am besten persönlich mit dem Verleger! Gehen Sie auch zu Kleinverlegern und Kleinstverlegern in Ihrer Nähe! Oft ist ihr lokaler Buchhändler auch bereit, ein Buch zu verlegen.

Wenn man die Erfahrungen mit den Verlegern hinter sich hat, kommen naturgemäß die Buchhändler und Buchhändlerinnen dran. Ich habe als Vertreter meines Buches »Querdenkerartikel« verschiedenste Buchhandlungen in Berlin besucht, bestimmt über 50. Dabei gibt es in der Regel drei Möglichkeiten: Entweder die Buchhändler lehnen das Buch gleich ab, das sind die ganz Bösen. Oder sie kaufen einem ein Buch ab, weil sie Mitleid mit einem haben. Oder sie nehmen Bücher in Kommission, was heute am üblichsten ist. Das bedeutet, dass man nach einigen Wochen wieder in den Buchladen gehen und nachfragen muss, ob Bücher verkauft wurden.

Insgesamt gesehen geht es dem Buchhandel heute nicht mehr so gut wie früher. Viele Menschen lesen heute überhaupt keine Bücher mehr oder sehen nur im Internet nach, wenn sie etwas wissen wollen. Viele junge Leute sehen nur noch in ihr iPhone. Diese Tatsache muss man heute bei der Höhe der Buchauflage berücksichtigen.

Nach den Buchhandlungen kommen noch Lesungen auf die Autoren zu. Das ist immer ein Anlass, noch einige Exemplare des Buches zu verkaufen, gerne mit Widmung.

25. Warum die Welt an die Wand gefahren wird

Die gute Nachricht zuerst: Berlin wird als eine der spätesten Städte untergehen. Denn Berlin liegt 33 Meter über dem aktuellen Meeresspiegel. Wenn Hamburg, New York City oder Shanghai schon längst im steigenden Ozean versunken sind, wird es Berlin immer noch geben. Denn das auf der Erde vorhandene Eis reicht nicht für 33 Meter. Wenn es in Afrika 50, 60 oder 70 Grad Celsius warm ist, wird es in Berlin nur 40 Grad warm sein. Das heißt, die Berliner werden nicht so früh verdampfen wie die Afrikaner. In Berlin wird man Dattelpalmen pflanzen können. Datteln sind bekanntlich eine Delikatesse. Die Heizkosten in Berlin werden dadurch sinken. Das alles ist aber nur ein bescheidener Trost, denn irgendwann wird die globale Krise auch Berlin erreichen.

Die Weltbevölkerung hat sich in meiner Lebenszeit mehr als verdoppelt. Heute gibt es über 7 Milliarden Menschen. Bald werden es über 10 Milliarden Menschen sein. Das wird dazu führen, dass sich die Menschen in noch mehr Kriegen gegenseitig umbringen werden und dass sie durch noch mehr Seuchen dezimiert werden. Denn die Erde kann nicht auf Dauer so viele Menschen ernähren. Das exponentielle Bevölkerungswachstum widerspricht der Nachhaltigkeit.

So ähnlich kann man das alles schon in dem Buch »Die Grenzen des Wachstums« aus dem Jahr 1972 lesen, das von Dennis Meadows und anderen herausgegeben wurde. Es war der erste Bericht des Club of Rome zur Lage der

Menschheit. Der tiefere Grund für unsere Probleme ist die grenzenlose Habgier, gegen die kaum etwas unternommen wird.
Die Politiker können sich nicht auf die Rettung der Erde verständigen, so viel steht fest. Denn dazu müsste das Wirtschaften auf eine ökologische Kreislaufwirtschaft umgestellt werden. Aber aus nationalem Interesse und aus Profitinteresse wollen das die Verantwortlichen nicht. Die meisten herrschenden Politiker denken nur daran, wie sie die nächsten 2 oder 3 Jahre überleben können.
Früher dachten einige Philosophen, die Menschheit würde sich auf einer Bahn des Fortschritts zu immer größerer Vollkommenheit entwickeln. So hat der französische Aufklärer Condorcet 1793 seinen berühmten »Entwurf einer historischen Darstellung der Fortschritte des menschlichen Geistes« verfasst. Heute wissen wir, dass die Menschheit mit der kapitalistischen Wirtschaftsordnung auf den Abgrund und den Ruin der Erde zurast. Die menschlichen Möglichkeiten der Naturbeherrschung sind immer größer geworden. Aber gleichzeitig sind die Gefahren dieser Naturbeherrschung noch größer geworden. Immer mehr Wirtschaftswachstum und Wachstum und Wachstum – das funktioniert nicht.
Warum schreibe ich das alles auf? Für mein bisschen Leben wird das keine Rolle mehr spielen. Ich schreibe das nur vorsorglich für meine Urenkel, damit sie sich schon auf etwas einstellen können. Irgendwann viel später wird die Erde in einem schwarzen Loch verschwinden.

Postskriptum Mai 2015:
Ich habe vergessen, zwei wichtige Begriffe zu erwähnen, die Suffizienz und das Anthropozän. Suffizienz bedeutet,

dass es irgendwann mal genug sein muss mit der Lebensstandarderhöhung und der Geldanhäufung. Um die Suffizienz zu verstehen, muss sich etwas im Denken ändern. Und Anthropozän bedeutet, dass wir heute in einem Zeitalter leben, in dem Menschen die Lebensbedingungen auf der Erde aktiv verändern. Das kann gefährlich werden, wie man am Klimawandel sieht. Aus diesen Gefahren ergibt sich heute eine große Verantwortung.

26. Sommer 14 am BE

Was macht eigentlich das Berliner Theater? Da fällt mir Rolf Hochhuth ein, ein wirklich politisch denkender Autor und eine feste Größe in der Berliner Theaterlandschaft. Er ist besonders für sein Dokumentartheater bekannt. Hochhuth hat manchmal ganz kluge Einsichten, manchmal etwas seltsame Ansichten (um zu provozieren?). Sein größter Erfolg war wahrscheinlich »Der Stellvertreter«, ein Stück, das 1963 als sein Debüt aufgeführt wurde. Darin geht es um die Stellung des Papstes Pius XII zum Holocaust der Nationalsozialisten an den Juden. Hochhuth kritisierte darin besonders, dass der Vatikan keine einzige Stellungnahme gegen die Ermordung von Millionen von Juden abgegeben hatte. Der Grund war, dass die katholische Kirche mit den Nazis verbündet war, weil die Nazis gegen die Kommunisten kämpften. Das Theaterstück wurde im Februar 1963 in West-Berlin uraufgeführt. Regisseur war Erwin Piscator. In einigen Ländern sorgte die Aufführung des Stückes sogar für Tumulte.
Ich bin Rolf Hochhuth einmal bei einer Lesung im Ullsteinhaus in Tempelhof begegnet. Er war eine durchaus beeindruckende Gestalt. Genauso beeindruckend wie der Backsteinexpressionismus des Ullsteinhauses aus der Mitte der 1920er Jahre.
Mitte der 1990er Jahre wurde Hochhuth Eigentümer des Theaters am Schiffbauerdamm, in dem das Berliner Ensemble (BE) spielt. Es ist die alte Bühne von Bertolt Brecht, an der Spree gelegen, direkt gegenüber vom Bahnhof Friedrichstraße. Hochhuth hat das Theater an

den Berliner Senat vermietet. Der Berliner Senat wiederum hat das BE mit dem Betrieb des Theaters beauftragt. Als Grundstückseigentümer hat Hochhuth ein Recht verhandelt, seine Stücke in der Sommerpause im Theater am Schiffbauerdamm aufführen zu dürfen. So kam das Stück »Sommer 14 – Ein Totentanz« ans Theater am Schiffbauerdamm.

Aus Anlass des Beginns des Ersten Weltkriegs vor genau 100 Jahren habe ich mir Hochhuths Stück »Sommer 14« angesehen. Hochhuth schreibt dazu:

»Der Krieg ist nicht ausgebrochen, wie immer geschrieben wird, er ist gemacht worden mit der Vehemenz, mit der er gewollt wurde. Ein Tier kann ausbrechen, ein Krieg muss entwickelt werden. Das setzt ein ziemlich kompliziertes Zusammenspiel vieler voraus, deren Intelligenz immerhin ausreichen muß, für die Nachwelt den Anschein zu erwecken, der Feind sei der Schuldige.«

Ich kam um 19 Uhr ins Theater. Rolf Hochhuth saß schon am Büchertisch im Foyer, wie immer mit Krawatte, wie immer seine Bücher signierend, nur unterstützt von seiner Buchhändlerin, die sicher schon schön an ihm verdient hat. Der Zuschauerraum des Theaters ist schwülstigstes Rokoko. Aber das sieht man ja im Dunkeln nicht. Das nicht gerade große Theater war nur halb voll, und das am 100. Jahrestag des Ersten Weltkriegs. Das Bühnenbild bestand aus einer weißen Flokatilandschaft. Warum die Schauspieler in weißen Bademänteln auftraten, hat sich mir nicht erschlossen. Immerhin sollten sie ja den deutschen Kaiser, Churchill und andere Größen darstellen. Die Aufführung des Stückes war nicht direkt schlecht, wenn man bedenkt, dass die Schauspieler nur kurz üben konnten. Besonders im Sinn geblieben ist mir der Satz von Hochhuth: »Gehorcht nicht!«

Die eigentlich schöpferischen Menschen am Theater sind sowieso die Theaterautoren. Die Theaterregisseure, die Schauspieler und die Bühnentechniker versuchen nur, einen Stoff mehr oder weniger gelungen umzusetzen. Daher werden auch so gerne Stücke von toten Autoren wie Shakespeare, Goethe oder Schiller gespielt. Die können sich ja nicht mehr einmischen. Ein lebendiger Autor dagegen wäre ja eine Konkurrenz für die Bühnenschaffenden. Und außerdem will er womöglich noch ein Autorenhonorar! Das geht gar nicht.
Den Ersten Weltkrieg mit 17 Millionen Toten hat übrigens das Deutsche Kaiserreich angefangen, spießig deutsch per Kriegserklärung. Auch wenn gegenwärtig Scharen von deutschen Historikern unterwegs sind, die behaupten, damals wären ja alle Imperialisten gewesen. Das Deutsche Kaiserreich hat völkerrechtswidrig das neutrale Belgien überfallen. Dort in Flandern hat es die Zivilbevölkerung massakriert. Und auch die wertvolle historische Universitätsbibliothek von Löwen wurde im August 1914 von deutschen Truppen zerstört.
Das Deutsche Kaiserreich hat auch zuerst Giftgas eingesetzt. Es handelte sich um das von Prof. Fritz Haber entwickelte Chlorgas, das zuerst in der Flandernschlacht bei Ypern am 22. April 1915 eingesetzt wurde. Am 4. August 2014 war Bundespräsident Joachim Gauck in Lüttich in Belgien bei der Gedenkfeier für den Ersten Weltkrieg.
Im August 1914 dachten die deutschen Soldaten, sie machen einen lustigen Sommerausflug nach Paris. Daraus ist dann nichts geworden. Es ist schon toll, wie man mit Propaganda die Bevölkerung verblöden kann. Aber es ist doch schön, dass wir wenigstens diese aufgeblasenen deutschen Aristokraten und Kriegsverbrecher 1918 los-

geworden sind. Leider hat das deutsche Volk daraus nichts gelernt und 1933 die braune Horde an die Macht gewählt. Deutschland triefte immer noch von Hurra-Militarismus.
August 2014: Es ist Krieg in der Ukraine, in Gaza, in Mali, im Irak, in Syrien, in Libyen, in Afghanistan, in Myanmar, in Somalia, im Kongo, in Kolumbien. Nun möchte die deutsche Bundesregierung gerne Soldaten nach Afrika schicken. Somalia, Zentralafrikanische Republik, Mali. Wenn ich das schon höre. Der Bundesregierung ist kein Sumpf zu tief, um darin zu versacken. Vielleicht sollten die deutschen Politiker mal auf die Weltkarte kucken und versuchen, dort das kleine Deutschland zu finden. Dann sähen die Relationen vielleicht etwas anders aus.

27. Johannes Grützke, der Wilmersdorfer Maler

Wenn man sich in Berlin für Kunst und für Malerei im Besonderen interessiert, dann kommt man um Johannes Grützke nicht herum. Von dem Wilmersdorfer Maler, 1937 in Berlin geboren, gibt es besonders Gemälde und Druckgrafiken. Aus der Legion von Malern und Malerinnen hebt er sich dadurch heraus, dass er wirklich malen kann. Das erweckt natürlich bei vielen Erstaunen und Interesse. Daher ist er wahrscheinlich einer der wenigen Maler, die von ihrer Malerei gut leben können (Aktuelle Preise der Gemälde bis 25.000 Euro). Seit den 1960er Jahren war er einer der wenigen Vertreter der gegenständlichen Malerei, zu einer Zeit, in der die abstrakte Malerei in West-Deutschland vorherrschend war.

Darüber hinaus hat er sogar 1973 eine eigene Malerschule mitbegründet, die »Schule der neuen Prächtigkeit«. Daher steht sein Name in einer Reihe mit Berliner Malern und Malerinnen wie Natascha Ungeheuer oder Kurt Mühlenhaupt. Aber nicht nur das. Zusammen mit dem Berliner Maler und Dichter Matthias Koeppel hat er 1976 auch das »Starckdeutsch« erfunden, eine völlig neue Sprache.

Johannes Grützke lebt und arbeitet seit Jahrzehnten im Wilmersdorfer Kiez zwischen Pfalzburger Straße, Güntzelstraße und Nikolsburger Platz. Ich kenne die Gegend gut, weil ich dort auch zwischen 1982 und 2002 gewohnt habe. Obwohl das Viertel in der westlichen Innenstadt liegt und nahe am Kurfürstendamm, ist es doch sehr ruhig. Vielleicht könnte man fast sagen verschlafen. Es ist einer der Kieze, die man früher meinte, wenn man vom Wohnort der Wilmersdorfer Witwen sprach. Zum ungestörten Arbeiten ist das jedenfalls eine gute Adresse.

Ich erinnere mich besonders gut an eine Begegnung mit Johannes Grützke im Restaurant des Ullsteinhauses in Berlin-Tempelhof im November 2010. Er und Rolf Hochhuth waren zu einer gemeinsamen Veranstaltung eingeladen. Er brachte ein großformatiges Gemälde von Adolf Hitler mit, der die Plastik des Hitler-Attentäter Georg Elser zurückweist. Das war zu der Zeit, als er den Wettbewerb um das Elser-Denkmal in der Wilhelmstraße verloren hatte. Das Gemälde trägt den Titel »Unter der grünen Lampe – Adolf Hitler erhält das Angebot einer Elser-Bronze«. Das Gemälde hat eine große Intensität und ist gut komponiert, wie fast immer bei Grützke. Hinzu kommt die politische Dimension, die das grützkistische Bild noch wertvoller macht.

Bei Malern und Malerinnen ist es nichts Ungewöhnliches, dass sie Selbstbildnisse malen. Einige Maler haben sogar recht viele Selbstbildnisse von sich selbst gemalt, wie bspw. die mexikanische Malerin Frida Kahlo oder Käthe Kollwitz. Johannes Grützke hat den Narzissmus jedoch noch mal gesteigert. Auf einem seiner Bilder hat er sich gleich siebenfach selbst abgebildet. Ein Kunsthistoriker müsste mal nachforschen, ob es in der Geschichte einen Maler gegeben hat, der sich öfter selbst gemalt hat als Grützke.

Es fällt auch auf, dass die Gesichter auf seinen Bildern oft verzerrt sind. Ich halte das für eine subtile Kritik an der Realität des Kapitalismus. Ich hatte auch einige Jahre lang eine seltsame Druckgrafik von Grützke an der Wand im Schlafzimmer hängen. Ein Mann mit Rokokoperücke

und verzerrtem Gesicht war darauf abgebildet. Ich konnte trotzdem gut schlafen.
Mir fallen noch zwei Highlights in der Karriere von Johannes Grützke ein, die besonderes Aufsehen erregten. Für die Paulskirche in Frankfurt am Main malte er den »Zug der Volksvertreter« in den Jahren 1989 bis 1991. Dabei handelt es sich um einen 32 Meter breiten Monumentalfries im Wandelgang der Paulskirche. Das Motiv hängt mit der Geschichte der Revolution von 1848 zusammen. Und ab 1979 arbeitete er lange Zeit mit dem Theaterregisseur Peter Zadek (1926-2009) zusammen. Für zahlreiche Theaterproduktionen von Zadek entwarf Grützke Plakate, Bühnenbilder und Kostüme.

28. Die Kinder vom Bahnhof Friedrichstraße

Es war ein großer Zufall, dass ich an jenem 1. September 2014 nachmittags zum Bahnhof Friedrichstraße kam. Ich wollte eigentlich nur Fotos aufnehmen. Vor dem Denkmal für die Transporte der jüdischen Kinder nach England saßen zu meiner Überraschung zahlreiche Gäste mitten auf der Straße. Darunter waren Zeitzeugen, die durch die Kindertransporte ihr Leben retten konnten. Auch der Künstler, der das Denkmal für die jüdischen Kinder geschaffen hat, Frank Meisler aus Tel Aviv, war anwesend und hat gesprochen. Er ist fast 90 Jahre alt und wurde damals durch den letzten Kindertransport aus Danzig gerettet. Gesprochen haben auch die Botschafter aus Israel, Großbritannien und den USA.

Die Kindertransporte vom Bahnhof Friedrichstraße fanden nur für ein knappes Jahr statt, zwischen der Reichskristallnacht (8.11.1938) und dem Beginn des Zweiten Weltkriegs (1.9.1939), also heute vor 75 Jahren. Etwa 10.000 Kinder wurden durch die Transporte vor dem Tod im KZ gerettet. Die Transporte wurden von den jüdischen Gemeinden und von den Quäkern organisiert. Die Trennung der Kinder von ihren Müttern und Vätern war der einzige Weg, um sie zu retten.

Das Denkmal am Bahnhof Friedrichstraße, das 2008 eingeweiht wurde, zeigt zwei Gruppen von Kindern. Die eine Gruppe fährt in das Leben, die andere Gruppe in den Tod. Ähnliche Denkmäler gibt es auch an anderen Orten in Europa, die mit den Transporten verbunden sind. Ich bin zufällig vor einiger Zeit auf das Denkmal aufmerksam geworden, als ich die Friedrichstraße hinauf lief und eine israelische Reisegruppe davor stand. Seitdem hat mich das Denkmal fasziniert. Es ist kein abstraktes Mahnmal, sondern eine ganz konkrete Darstellung der Kinder, die einen sofort anspricht und informiert. Natürlich kann man ein Mahnmal auch abstrakt gestalten, wie die Berliner Mahnmale für den Holocaust, für die ermordeten Sinti und Roma oder für die Homosexuellen zeigen. Aber ein abstraktes Mahnmal ist an sich kompliziert und erfordert erst mal einen Denkprozess. Dieses Denkmal für die jüdischen Kinder ist gerade durch seine Gegenständlichkeit und sein menschliches Maß sehr eindringlich.

Jetzt sitze ich im Bahnhof Friedrichstraße bei McDonald's vor meinem Fast-Food-Kaffee und warte, dass es Nacht wird. Ich will die Kinder des Denkmals bei Nacht fotografieren. Denn die Züge der Kindertransporte fuhren meist nachts ab, wahrscheinlich damit die deutsche Bevölkerung nichts davon mitbekam. Nieselregen hat eingesetzt. Die Lichter auf dem nassen Asphalt glitzern wie auf den Bildern von Lesser Ury. Das Gewusel der Fußgänger auf der Friedrichstraße wird nicht weniger. Bei McDonald's tönt »Feels Like Heaven« aus dem Lautsprecher. So habe ich mich gar nicht gefühlt. Die Nachtaufnahme mit meiner Kamera hat dann doch nicht funktioniert.

Das Denkmal heißt mit vollem Namen »Züge in das Leben – Züge in den Tod« und befindet sich an der Ecke Georgenstraße/Friedrichstraße.

Die jüdischen Kinder vom Bahnhof Friedrichstraße, Plastik von Frank Meisler, fotografiert vom Autor, September 2014

29. Tränenpalast

Jetzt sind es schon wieder 25 Jahre her seit der »Friedlichen Revolution« von 1989. Wo sind all die Jahre geblieben? Von der Berliner Mauer sieht man so gut wie nichts mehr, bis auf ein paar kümmerliche Reste an der Bernauer Straße, an der East Side Gallery oder gegenüber vom Abgeordnetenhaus. Das meiste ist dem Berliner Abrisswahn zum Opfer gefallen. Wo früher Grenzübergänge waren ist heute oft nur noch ein Strich in den Asphalt gelegt. Kundige wissen dann, dass hier mal die Mauer stand.

Aber es gibt eine Ausnahme, den »Tränenpalast« am Bahnhof Friedrichstraße in Berlin-Mitte von 1962, der seltsamerweise immer noch steht. Das Gebäude hat architektonisch eigentlich nichts zu bieten. Der Palast ist in Wirklichkeit nur ein schmuckloser eingeschossiger Kasten mit ziemlich vielen Glasscheiben an drei Seiten. Er sieht so ähnlich aus wie eine überdimensionierte Eisdiele aus der Wirtschaftswunderzeit. Seinen populären Namen hat er von den zahllosen Tränen erhalten, die dort vergossen wurden, wenn die DDR-Bürger ihre Verwandten in den Westen verabschiedeten, um sie lange nicht wieder zu sehen.

Ich bin oft durch den Tränenpalast gereist, wenn ich abends aus Ost-Berlin zurück nach West-Berlin fuhr. Ab und zu brauchte man einen Tag Urlaub im Sozialismus (Ostzone), um sich vom kranken Spätkapitalismus (Spießer-West-Berlin) etwas zu erholen. Allerdings war es sehr ungerecht, dass sich die Ost-Berliner nicht mal einen Tag vom Sozialismus erholen durften.

Auf einer Art Fließband musste man die Koffer und Taschen ausbreiten. Es gab auch Kabinen, in denen die Reisenden von den DDR-Grenzern körperlich gefilzt wurden. Ich hatte immer die Befürchtung, dass die Grenzer vielleicht die DDR-Scheine mit den Bildnissen von Thomas Müntzer, Clara Zetkin oder Goethe finden würden, die ich in meinen Socken versteckt hatte. Ich entschuldige mich nachträglich bei Geheimrat Goethe.
Der Zwangsumtausch sah nämlich vor, dass man 25 Westmark pro Tag 1:1 in Ostmark tauschen musste. Da es in Ost-Berlin nichts gab, was man kaufen konnte oder wollte, musste man die Ostmark wieder nach West-Berlin schmuggeln und am Bahnhof Zoo 1:4 in Westmark tauschen. Das war ein ziemliches Verlustgeschäft. Später nach der Wende war der Kurs am Bahnhof Zoo dann sogar 1 Westmark für 10 Ostmark.
Durch unterirdische, verwinkelte, klaustrophobische, seltsam riechende Gänge gelangte man vom Tränenpalast zum unterirdischen U-Bahn-Gleis oder zum oberirdischen S-Bahn-Gleis, zu denen nur West-Bürger Zutritt hatten. Denn vom Bahnhof Friedrichstraße auf DDR-Gebiet gab es diese Verbindungen in die Westsektoren. Auf dem U-Bahnsteig gab es einen DDR-Intershop mit zollfreien Zigaretten. Wahrscheinlich war es eine Art Schmuggel, wenn man die Zigaretten mit nach West-Berlin brachte. Dafür haben die Zigaretten dann doppelt so gut geschmeckt. Heute befindet sich im Tränenpalast eine Dauerausstellung zur deutschen Teilung, die täglich außer Montag geöffnet hat.
Ein weiterer berühmter Grenzübergang war die Invalidenstraße an der Grenze von Mitte und Tiergarten. Er war der erste Übergang, der am 9. November 1989 angesichts der Menschenmassen geöffnet werden musste. Das

Wort des Tages war »Wahnsinn!«. Heute erkennt man nichts mehr davon. Gleich nach der Wende eröffnete hier ein großer Container mit einem Sexshop, in dem die DDR-Bürger ihren Nachholebedarf decken konnten. Die ersten D-Mark wurden erstmal in Pornos investiert, denn die waren in der DDR Mangelware gewesen.
Der Grenzübergang aber, den ich am häufigsten passieren musste, war sicherlich Dreilinden/Drewitz. Dort musste man durch, wenn man mit dem Auto von West-Berlin nach West-Deutschland über die Transitstrecke (Autobahn) wollte. Warnung: »You Are Leaving The American Sector«. Spiegel wurden unter den Käfer geschoben. Schnüffelnde Schäferhunde gab es überall. »Die hintere Sitzbank bitte hochklappen!« Dann endloses Warten auf die Papiere. Endlose Autoschlangen, besonders wenn mal wieder der Kalte Krieg frostiger wurde.
Kapitalistische Presseerzeugnisse sollte man lieber auch nicht dabei gehabt haben, denn die hätte man ja auf der Transitstrecke an DDR-Bürger verteilen können. Überhaupt war ziemlich unklar, was sich alles nicht im Auto befinden durfte. Und dann die Erinnerungen an den zollfreien Zigaretteneinkauf im Intershop und die zahlreichen Essen in der Mitropa Raststätte Michendorf, gerne Soljanka. Ach ja, es war schon eine komische Zeit, damals hinter dem Eisernen Vorhang. Das war die Zeit, als sowjetische Kampfjets über West-Berlin flogen und Überschallknalle auslösten. Wummm! Schepper! Klirr! Das war immer ein Ereignis.
Diese drei Grenzübergänge, die Geschichten schrieben, sind nur eine kleine Auswahl. Über die Oberbaumbrücke, den Checkpoint Charlie oder die Glienicker Brücke (Agentenaustausch im Nebel) könnte man auch noch einiges schreiben. Übrigens, manche neugierige Men-

schen gehen gerne über Grenzen, andere fürchten sich davor.
Ich möchte aber noch einen Meta-Grenzübergang erwähnen, der damals sehr wichtig war. Das war der Flughafen Tempelhof. Nach 1945 hatten sich viele Nazis in West-Berlin unter dem Schutz der West-Alliierten versammelt. Sie hatten gut bezahlte Posten beim Senat und beim Staat erhalten. Gleichzeitig hatten sie große Angst, von der Roten Armee verhaftet zu werden, wenn sie DDR-Gebiet betreten würden. Das einzige Mauseloch für sie, um aus West-Berlin herauszukommen, war der Flughafen Tempelhof, denn von dort flogen die Pan American Airways nach Hannover in West-Deutschland. Die deutsche Lufthansa durfte damals noch nicht nach West-Berlin fliegen. Daher haben also die Amis die alten Nazis ständig zwischen West-Berlin und West-Deutschland hin und her geflogen und gut daran verdient.

Der Tränenpalast am Bahnhof Friedrichstraße, fotografiert vom Autor, 2014.

30. Berlin Alexanderplatz

Berlin gehört zu den Orten, an denen der Film das Licht der Welt erblickte, eine völlig neue Kunstform. Die Brüder Emil und Max Skladanowsky führten am 1. November 1895 im Berliner Varieté Wintergarten zum ersten Mal Filme vor einem zahlenden Publikum vor. Damals waren die Filme allerdings erst weniger als 1 Minute lang und lichteten bloß Ereignisse ab. Eine richtige Filmhandlung gab es noch nicht. Nach diesen Anfängen wurden die Filme langsam länger, aber ohne Ton und in Schwarz-Weiß. Humoristische Sketche waren nun das Thema der Filme. Nach dem Ersten Weltkrieg in den 1920er Jahren gab es dann Tonfilme mit einer dramaturgischen Handlung.

Der Film »Berlin Alexanderplatz« von 1931 von dem Regisseur Phil Jutzi gehört wahrscheinlich auch noch zur Frühgeschichte des deutschen Films. Er basiert auf dem bekannten gleichnamigen Roman von Alfred Döblin aus dem Jahr 1929. Die Geschichte handelt vom ehemaligen Möbeltransportör Franz Biberkopf, der nach vier Jahren Haft im Gefängnis Tegel entlassen wird. Dorthin war er gekommen, weil er seine Freundin Ida umgebracht hatte. Er schließt sich einer Diebesbande an. Nach einigen kriminellen Verstrickungen und der Ermordung seiner Freundin Mieze durch einen Kumpan verkauft er am Ende Stehaufmännchen auf dem Alexanderplatz. Dieses Ende ist nicht gerade hoffnungsfroh. Vom Verkauf von Stehaufmännchen konnte man damals wohl kaum seinen Lebensunterhalt finanzieren.

Der Film bietet durch die Originalaufnahmen an den Schauplätzen eine Menge Berliner Stimmung aus der Zeit um 1930. Er spielt im Kleinkriminellenmilieu des Berliner Lumpenproletariats am Alex, inmitten von Budikern, Einbrechern, Dieben, Hehlern, Zuhältern, Prostituierten und Kneipenbrüdern. Über die politische Situation der Zeit und über die damaligen Kämpfe der Parteien enthält der Film nichts. Die schauspielerische Leistung der Darsteller ist sicherlich gut. Trotzdem deprimiert mich an dem ganzen Film fast alles. Er hat so eine große Hoffnungslosigkeit und Trostlosigkeit. Alles kaputte Typen. Nur die Frauen des Films kommen einigermaßen gut weg.

Ist der Film schon trostlos, so war es die Realität noch viel mehr. Sowohl der Regisseur Phil Jutzi als auch seine Hauptdarsteller haben später leider bei den Nazis Karriere gemacht. Beim »Tausendjährigen Reich« der Nazis wollten sie alle dabei sein. Tausend Jahre! Das war doch eine schöne Perspektive! Genau der passende Berliner Größenwahn.

Phil Jutzi, der Regisseur des Films, wurde gleich im März 1933 NSDAP-Mitglied, konnte bei den Nazis Filme drehen, brachte es aber nicht zum Starregisseur des Regimes. Heinrich George dagegen, der den Franz Biberkopf spielte, war bei den Nazis eine ganz große Nummer. Er spielte bspw. in den Propagandaschinken »Hitlerjunge Quex« (1933), »Jud Süß« (1940) und »Kolberg« (1945) tragende Rollen. Auch Bernhard Minetti, der den Oberschurken Reinhold in dem Film spielt, hat später in Nazi-Propagandafilmen mitgespielt und war eine Art faschistischer Staatsschauspieler. Sie waren wohl alle ziemliche Karrieristen, die sich produzieren wollten und die reich sein wollten, egal wie.

Irgendwie merkt man es dem Film an, dass er von späteren Nazigrößen produziert wurde. Der Film hat so eine seltsame Asozialität und Trostlosigkeit. Wie politisch engagiert und optimistisch ist dagegen zum Beispiel der Film »Kuhle Wampe« von Bertolt Brecht und Slátan Dudow aus dem Jahr 1932.
Der Autor des Romans, Alfred Döblin, eine Jude aus Stettin, konnte aus biologischen Gründen kein Nazi werden. Dafür trat er zum Katholizismus über, was fast das gleiche war. Denn Katholiken und Nazis waren damals Verbündete im Kampf gegen den Kommunismus.
Aber das Problem mit dem Film »Berlin Alexanderplatz« liegt wahrscheinlich nicht nur in der Person von Alfred Döblin. Es macht einen Unterschied, ob man eine Geschichte in einem Buch liest oder ob man sie im Film ansieht. Dieselbe Geschichte kann jeweils ganz unterschiedlich erzählt werden. Das ist schon deswegen nicht erstaunlich, weil der Roman »Berlin Alexanderplatz« 9 dicke Bücher umfasst, während der Film nur 80 Minuten lang ist. Daher hat der Roman viel mehr Details, die ihn natürlich interessanter machen. Das merkt man schon zu Beginn des Buches, als Franz Biberkopf unter die Juden des Scheunenviertels gerät. Dort spielt sich die irre Geschichte zwischen dem rotbärtigen Juden und dem braunbärtigen Juden ab, die sich streiten. Im Film dagegen tauchen Juden nie auf, Kommunisten, Anarchisten oder Hakenkreuzler übrigens auch nicht, ganz im Gegensatz zum Roman.
Der Roman, dessen Handlung 1927/28 spielt, also noch vor der Weltwirtschaftskrise, ist viel stimmiger als der Film. Wahrscheinlich ist das Buch einfach zu groß für einen Film von 80 Minuten. Jedenfalls ist es informativ, den Roman zu lesen, ganz besonders die Dialoge im Ber-

liner Dialekt. Der Roman ist ziemlich berlinerisch geworden, obwohl Döblin kein Berliner war. Franz Biberkopf ist genau die Art von deutscher Dumpfbacke, die zum Aufstieg der Faschisten geführt hat. Insofern war der Roman von 1929 sehr hellsichtig, da er 1933 vorausgeahnt hat. In der »Roten Fahne« wurde der Roman damals als konterrevolutionär bezeichnet, was wahrscheinlich auch stimmt. Der Roman »Berlin Alexanderplatz« gehörte übrigens zu den Büchern, die im Mai 1933 von den Nationalsozialisten verbrannt wurden, was vor allem daran lag, dass Döblin Jude war.

Ich glaube, dass es in den 1920er Jahren am Alex tatsächlich solche Typen gegeben hat. Insofern ist die Schilderung von Döblin wahrscheinlich ganz naturalistisch. Er hat einige Jahre als Kassenarzt in Berlin gearbeitet und kannte sich daher gut aus. Der Roman basiert zwar auf »Sex and Crime«, ist aber doch anspruchsvoll, kein gewöhnlicher Kriminalroman.

Die Philosophie Franz Biberkopfs drückt sich in einem Gedicht aus, das er im 2. Buch vorträgt.

»Willst du, o Mensch, auf dieser Erden ein männliches Subjekte werden, dann überleg es dir genau, eh du dich von der weisen Frau ans Tageslicht befördern lässt! Die Erde ist ein Jammernest! Glaub es dem Dichter dieser Strophen, der oft an dieser doofen, an dieser harten Speise kaut! Zitat aus Goethes Faust geklaut: Der Mensch ist seines Lebens froh gewöhnlich nur als Embryo! Da ist der gute Vater Staat, er gängelt dich von früh bis spat. Er zwickt und beutelt dich nach Noten mit Paragraphen und Verboten! Sein erstes Gebot heißt: Mensch, berappe! Das zweite: halte deine Klappe! So lebst du in der Dämmerung, im Zustand der Belämmerung. Und suchst du ab und zu den steifen Verdruß im Wirtshaus zu ersäufen, in

Bier, beziehentlich in Wein, dann stellt sich prompt der Kater ein. Inzwischen melden sich die Jahre, der Mottenfraß zermürbt die Haare, es kracht bedenklich im Gebälke, die Glieder werden schlapp und welke; die Grütze säuert im Gehirn, und immer dünner wird der Zwirn. Kurzum, du merkst, es wird jetzt Herbst, du legst den Löffel hin und sterbst. Nun frag ich dich, o Freund, mit Beben, was ist der Mensch, was ist das Leben? Schon unser großer Schiller spricht: ‚Der Güter höchstes ist es nicht.' Ich aber sag: es gleicht ner Hühnerleiter, von oben bis unten und so weiter.«

Der Roman endet ganz unspektakulär. Franz Biberkopf erhält eine Stelle als Hilfsportier in einer Fabrik. Der Ganove ist nach einem Aufenthalt in der Irrenanstalt Buch zu einem kleinen Arbeiter mutiert.

Heute ist der Alexanderplatz ein ziemlich langweiliger Ort und Verkehrsknotenpunkt, an dem die Leute umsteigen. Es gibt kaum kleine interessante Geschäfte oder Kneipen, die man besuchen könnte. Die Bomben des Zweiten Weltkriegs haben dort in der Mitte Berlins kräftig aufgeräumt. Der Platz hat einfach kein Flair mehr. Zu DDR-Zeiten habe ich den Alexanderplatz regelmäßig angesteuert, wenn ich in Ost-Berlin war, denn es gab im Alexanderhaus eine Buchhandlung mit dem Namen »Das gute Buch«. Der Kauf von Büchern, meist sozialistische Klassiker, war ja fast die einzige Möglichkeit, den Zwangsumtausch von 25 D-Mark in Waren umzusetzen, die man aus der DDR nach West-Berlin ausführen durfte.

In letzter Zeit ist der Alexanderplatz auch zu einem richtig gefährlichen Ort geworden. Dort wurden schon bei Auseinandersetzungen junge Menschen erschlagen und erstochen. Besonders bekannt wurde der Fall des jungen Deutschthailänders Johnny K., der am 13. Oktober 2012

in der Nähe des Alexanderplatzes tot geprügelt wurde. Am Freitag, am Samstag und am Sonntag am Abend und in der Nacht versammeln sich dort Gruppen von Jugendlichen mit Migrationshintergrund und diverse kaputte Individuen, die nichts zu tun haben.
Auf dem Alexanderplatz trifft man am helllichten Tag noch heute Biberkopf-Existenzen. Da stehen einem die Rostbratwurstverkäufer im Weg, die ihren Grill vor ihrem Bauch tragen und mit der Grillzange klappern, um auf sich aufmerksam zu machen. Die Bratwurst gibt es für 1,35 Euro inklusive Brötchen und Senf oder Ketchup. Der Grillrauch weht ihnen ins Gesicht. Da sind auch die obdachlosen Pfandflaschensammler, die die Müllkästen durchwühlen. Jemand bietet Henna-Tattoos an, die 4 Wochen halten sollen.
Den Film »Berlin Alexanderplatz« von Phil Jutzi kann man auf DVD kaufen. »Berlin Alexanderplatz« gibt es aber noch in einer anderen berühmten Verfilmung von Rainer Werner Fassbinder aus dem Jahr 1980, in 14 Teilen für das Fernsehen produziert. Es gibt eine 15-Stunden-Fassung des Films! Die Hauptrolle des Franz Biberkopf spielte Günter Lamprecht, der allerdings zu intelligent aussieht für den Blödmann Biberkopf.
Der Film von Fassbinder wurde vor allem dafür berühmt, dass er einer der dunkelsten Filme der Filmgeschichte ist. Man hat ständig den Eindruck, dass man eine Sonnenbrille auf hat. Fast alle Szenen spielen nachts. Das nervt etwas. Aus nahe liegenden finanziellen Gründen konnte Fassbinder nicht das Berlin von 1929 nachbauen. Daher fehlen die Aufnahmen von Originalschauplätzen. Der Film spielt sich hauptsächlich in Räumen ab. Durch die Länge des Films von 15 Stunden hat Fassbinder natürlich

die Möglichkeit, dem umfangreichen Stoff des Buches viel besser gerecht zu werden.
War es eine gute Idee von Fassbinder, eine Geschichte aus den 1920er Jahren im Jahr 1980 zu reproduzieren? Ist der zeitliche Abstand nicht einfach zu groß? Mein Fazit: Die Filme von 1931 und 1980 sind beide aus unterschiedlichen Gründen problematisch. Aber das Buch von Alfred Döblin lohnt sich wirklich zu lesen.

Literatur: Alfred Döblin, *Berlin Alexanderplatz. Die Geschichte vom Franz Biberkopf*, Mit einer Dokumentation herausgegeben von Manfred Beyer, Berlin 1978 (Rütten & Loening).

31. Dank an die Stiftung Warentest

Früher gab es ein Rathaus. In dem Rathaus gab es eine Bibliothek. In der Bibliothek gab es das Heft der Stiftung Warentest (Sitz am Lützowplatz in Tiergarten). Und in dem Heft standen die Testergebnisse der Waschmaschinen diverser Hersteller. Und das alles kostenlos, beziehungsweise aus Steuergeldern bezahlt.
Heute wird die Stiftung Warentest 50 und wir zahlen immer noch Steuern. Aber die Bibliothek ist aus Kostengründen geschlossen, das Rathaus wurde wegen Sparmaßnahmen verkauft. Ich weiß gar nicht mehr, wo ich das Heft der Stiftung Warentest noch gratis bekommen kann. Und die modernen Waschmaschinen brauchen heute 4 Stunden für eine Wäsche. Die deutschen Politiker nennen das wahrscheinlich »Fortschritt«.

32. Die etwa 40 afrikanischen Flüchtlinge

Vierzig Flüchtlinge aus Afrika harren in der Gerhart-Hauptmann-Schule in der Ohlauer Straße Ecke Reichenberger Straße in Berlin-Kreuzberg aus. Sie weigern sich standhaft, die Schule zu verlassen. Und das obwohl die Polizei die Schule im Juni/Juli 2014 wochenlang belagert hatte. Sie haben damit gedroht, vom Dach der Schule zu springen, wenn die Schule von der Polizei geräumt wird. Denn sie wissen ganz genau, dass sie nach Afrika abgeschoben werden, wenn sie in einen anderen Bezirk kommen und an einem deutschen Asylverfahren teilnehmen. Denn Afrika wird von den deutschen Politikern ganz einfach zu einem sicheren Land erklärt, in das Flüchtlinge zurückgeschickt werden können.
Die Drohung auf dem Schuldach hat geholfen. Der Regierende Bürgermeister von Berlin möchte nicht so gerne, dass Afrikaner in Berlin vom Dach springen. Daher hat er die Räumung durch die Polizei abgeblasen und den Bezirk Kreuzberg für zuständig erklärt. Kreuzberg wird von Grünen regiert, die die Afrikaner nicht rausschmeißen möchten. Also haben die 40 Flüchtlinge aus Afrika Ausweise für die Schule bekommen, denn deutsche Ordnung muss sein. Der Eingang zur Schule ist inzwischen mir vier Wachmännern besetzt, die die Zugangsausweise kontrollieren.
Die Flüchtlinge aus Afrika wissen natürlich, wie schwer es ist, nach Berlin zu kommen. Erstens ist da die Schleusung durch die Sahara, die schon mörderisch ist. Dann

müssen sie den gefährlichen Aufenthalt in Libyen überleben, in einem Land, das sich im Chaos befindet. Danach kommt die gefährliche Fahrt über das Mittelmeer auf klapprigen Holzbooten. Wenn man Glück hat und nicht ertrinkt, kommt man in Lampedusa oder auf Sizilien an. Anschließend muss man sich noch nach Nord-Europa durchschlagen. Solche Strapazen können nur die kräftigsten Menschen aushalten.
Als die Geschichte mit den 40 afrikanischen Flüchtlingen durch das Radio ging, fiel mir der alte Spontispruch aus den 1970er Jahren ein: „Wer sich nicht wehrt, lebt verkehrt!“ Denn wer sich nicht wehrt ist ein Opfer und kommt unter die Räder. Die afrikanischen Flüchtlinge haben ja nur die Chance, für ihr Bleiberecht zu kämpfen.
Auch den meisten afrikanischen Flüchtlingen, die auf dem Oranienplatz in Kreuzberg im Protestcamp gelebt hatten, ist inzwischen klar geworden, dass die Ausländerbehörde ihnen keine Aufenthaltserlaubnis und keine Arbeitserlaubnis gibt. Also gehen sie erst gar nicht mehr zu den Terminen der Behörde. Sie leben lieber illegal ohne Papiere in Berlin, im Untergrund, als zu riskieren, von der Ausländerbehörde nach Afrika abgeschoben zu werden. Das ist verständlich.
So ist ein Dilemma entstanden. Einerseits möchte man den Flüchtlingen helfen und ihnen ein Bleiberecht geben. Andererseits möchte man nicht halb Afrika nach Berlin holen. Millionen von Afrikanern in Berlin? Es gibt genug Gründe, um aus Afrika zu flüchten: Armut, Hunger, Unterdrückung, Diktaturen, Bürgerkriege, Kriminalität, Ebola etc. Ein Dilemma ist ein Dilemma ist ein Dilemma. Gäbe es eine Lösung oder einen Ausweg, dann wäre es ja kein Dilemma. Wegen der vielen Dilemmata ist die Poli-

tik ja so ein trostloses Geschäft. Auf diese Art entsteht ein merkwürdiger Schwebezustand der Illegalität.
Ein anderes Beispiel: Da sind die etwa 30 Afrikaner, die am Görlitzer Park in Kreuzberg mit Drogen handeln, bspw. Hasch. Sie stehen dort seit Jahren ganz offen auf der Straße und jeder kennt sie. Obwohl der Verkauf von Drogen illegal ist, rühren sich weder die Polizei noch die Politiker. Dort kann man den Unterschied zwischen de iure und de facto besichtigen. De facto ist etwas ganz anderes, als was sich klein Fritzchen so im Allgemeinen vorstellt.
Im September 2014 wurde bekannt, dass viele Flüchtlinge in deutschen staatlichen Heimen von rechtsradikalen Sicherheitskräften misshandelt werden. Auch das noch. In Berlin haben es die afrikanischen Flüchtlinge mit Kirchenasyl versucht. Aber das haben sie nicht bekommen. Dann haben sie es mit der Gewerkschaft versucht. 20 Flüchtlinge sind in das Hauptquartier des Deutschen Gewerkschaftsbundes (DGB) in Schöneberg eingezogen. Sie wollten Mitglieder der Gewerkschaft werden und Rechtsschutz haben. Der DGB dagegen hat Strafanzeige wegen Hausfriedensbruchs gestellt, die Polizei gerufen und die Flüchtlinge, die sich angekettet hatten, räumen lassen. »Internationale Solidarität« gibt es jedenfalls beim DGB nicht mehr.
Zum Ende Oktober 2014 hat dann das Bezirksamt Kreuzberg den afrikanischen Flüchtlingen in der Gerhart-Hauptmann-Schule ein Ultimatum zum Auszug gestellt, die Schule dann aber nicht von der Polizei räumen lassen. Denn es stand der 9. November vor Tür, der 25. Jahrestag des Mauerfalls. Vor diesem Datum wollte man nicht räumen, denn man fürchtete die Randale der Unterstützer. Neben dem Eingang zur Schule saß eine kleine

Gruppe von autonomen Unterstützern und hielt Wache. Auf der gegenüber liegenden Straßenseite der Ohlauer Straße stand ein Mannschaftswagen der Polizei und hielt ebenfalls Wache.
Dann kamen die letzten Tage des Regierenden Bürgermeisters im Amt sowie die Adventszeit und Weihnachten. Dann folgte die Zeit zwischen den Jahren. Da war an eine Räumung nicht zu denken. Jetzt haben wir Februar 2015 und die unendliche Geschichte der Flüchtlinge geht weiter.

33. Das Recht auf Ufer

Eigentlich ist es ja normal, dass man an einem See oder Fluss entlang laufen kann, um auf das Wasser zu blicken. Denn die Wasserfläche führt zu einer Befriedigung in der Psyche des Menschen. Aber in Deutschland ist das leider nicht selbstverständlich. Zahlreiche Egomanen haben sich Wassergrundstücke unter den Nagel gerissen und hindern jetzt die Allgemeinheit daran, am Wasser entlang zu spazieren, Das Volk kann sich kaum wehren, denn die Gerichte sind auf der Seite der Villenbesitzer. Ein Recht auf Ufer gibt es nicht.

Versuche mal, um den Halensee in Berlin herum zu laufen. Pustekuchen! Nach einem kurzen Stückchen landest du am Zaun eines Wassergrundstücks und kommst nicht weiter. Die Stadt hat sich etwas Mühe gegeben und einen Holzbohlensteg für angebliche 250.000 Euro ins Wasser um das Anwesen eines Anliegers herum gebaut. Das ist so absurd und traurig, dass man es bedauert, zum Halensee gefahren zu sein. Die nackten Sonnenanbeter liegen übrigens immer noch wie seit Jahrzehnten auf der Halenseewiese.

Von Berlin aus kommt man mit der S-Bahn schnell direkt zum Griebnitzsee. Das wäre eigentlich ein schöner Ausflug. Aber in Potsdam-Babelsberg gibt es schon seit Jahren einen Kampf um den Uferweg am Griebnitzsee. Rabiate Villenbesitzer haben einfach den Uferweg gesperrt. Nach wenigen Metern steht man schon vor dem Zaun eines Privatgrundstücks. Ende der Wanderung. Es ist kein Durchkommen.

In der Stadt Werder an der Havel gibt es einen so genannten Inselrundweg, Nur wenn man versucht, auf dem Rundweg an der Havel entlang zu laufen, wird man feststellen, dass man nicht am Wasser laufen kann, weil Privatgrundstücke im Weg liegen. Das schmälert doch erheblich die Freude.
Auch Bad Saarow am Scharmützelsee südöstlich von Berlin ist ein schöner Ort. Dort haben sich schon seit den 1910er Jahren reiche Villenbesitzer angesiedelt. Nach Bad Saarow-Pieskow kommt man vom Berliner Hauptbahnhof mit der Regionalbahn, mit Umsteigen in Fürstenwalde (Spree). Das Tagesticket des VBB kostet 10,80 Euro.
Die Frau in der Touristeninformation am Bahnhof Bad Saarow war ganz freundlich. Erst hat sie mir den kostenpflichtigen Stadtplan angeboten. Nach Nachfragen hat sie mir dann aber doch den kostenlosen Stadtplan gegeben. Als erfahrener Globetrotter kenne ich natürlich solche Provinztricks.
Wenn man im Kurpark von Bad Saarow auf der Seepromenade am Scharmützelsee spazieren geht, wird man bald feststellen, dass man nicht am See weiter kommt. Man landet vor einem Absperrzaun, vor den pietätshalber eine kleine Hecke angepflanzt ist. Nanu? Ein Kurort, in dem man nicht am See entlang laufen kann? Bad Saarow sollte sich in Bad Surdistan umbenennen.
Diese Beispiele könnte man noch weiter fortsetzen. Was hätte der alte Theodor Fontane wohl angesichts solcher Verhältnisse gesagt? Wahrscheinlich hätte er seine Wanderungen in der Mark Brandenburg ins Wasser fallen lassen.
Aber es geht noch absurder: In Brandenburg gibt es sogar ganze Seen, die sich in Privateigentum befinden. Ich

kann nur für das Wohl der Allgemeinheit argumentieren. Aber das zählt in Deutschland kaum etwas. Die Reichen können sich durch alle Instanzen klagen, die teuersten Anwälte bezahlen und bekommen am Ende vor den Gerichten Recht. Denn ihr Grundbesitz ist eine heilige Kuh, die von niemandem angetastet werden darf, auch wenn die Allgemeinheit noch so sehr leidet.
Noch etwas Abartiges, weil wir schon beim Wasser sind: Berliner Politiker hatten das Berliner Wasser privatisiert. Als dann der private Wassermonopolist die Wasserpreise immer mehr nach oben schraubte, um seinen Profit zu maximieren, regte sich sogar in der Berliner Bevölkerung Protest. Das Wasser musste wieder in Gemeinschaftseigentum genommen werden.

Der 250.000 Euro teure, traurige Holzsteg im Halensee, Sommer 2014, fotografiert vom Autor

34. Kinoerinnerungen an die 1960er Jahre

Mein erstes Kinoerlebnis hatte ich um 1960 mit den Filmen von »Tom und Jerry«, die im MGM-Kino am Kurfürstendamm gespielt wurden. Das Kino gibt es heute nicht mehr. Das große Kinosterben setzte in den 1970er Jahren ein, als sich alle Leute ein Fernsehgerät angeschafft hatten und nur noch vor der Glotze saßen. Der Kater Tom und der Mäuserich Jerry liegen in ständigem Streit miteinander. Die kurzen Zeichentrickfilme waren typisch amerikanisch. Jeder versucht, den anderen reinzulegen. So lernte ich schon früh das Wesen des »American Way of Life« kennen. Die Serie »Tom und Jerry« wurde zwischen 1940 und 1967 von den Studios von Metro-Goldwyn-Mayer für das Kino produziert, ab 1960 in Prag in der Tschechoslowakei, weil die Produktion dort billiger war.

Mein zweites Kinoerlebnis war »Dick und Doof«, auch im MGM-Kino. Das amerikanische Komiker-Duo Stan Laurel (der Doofe) und Oliver Hardy (der Dicke) drehte zwischen 1926 und 1951 insgesamt 106 Kurz- und Langfilme, fast alle in Schwarz-Weiß und vor 1929 als Stummfilme. Die Filme, die ich gesehen habe, waren in meiner Erinnerung alle ohne gesprochene Dialoge. Dick und Doof scheitern regelmäßig mit ihren Versuchen, das Leben zu meistern, und richten ein Chaos an. Üblicherweise geht das Inventar komplett zu Bruch.

Damals wusste ich noch nicht, dass ich mit »Dick und Doof« in die Frühzeit des Kintopps katapultiert worden

war, denn vom Stoff her war das eigentlich eine Slapstick-Komödie, die ihre Hochzeit in den 1910er Jahren gehabt hatte. Trotzdem sorgte sie um 1960 in Berlin noch für etwas Schmunzeln.
Direkt bei meiner Wohnung in Friedenau gab es die »Baby-Lichtspiele« in der Stubenrauchstraße. Es galt als das kleinste Kino Berlins mit 156 Sitzplätzen. Auch dieses Kino gibt es schon lange nicht mehr. Es wurde 1969 geschlossen. Dort sah ich den berüchtigten Film »Der Schatz im Silbersee« nach Karl May im Jahr 1962. Pierre Brice spielte den Winnetou, Lex Barker den Old Shatterhand. Der Film spielt im Wilden Westen, wurde aber in Kroatien gedreht. Die deutsche Filmbewertungsstelle fand den Film so schlecht, dass sie ursprünglich kein Prädikat verleihen wollte. Dann haben irgendwelche einflussreiche Kreise intrigiert, so dass nachträglich das Prädikat »wertvoll« verliehen wurde, was natürlich absurd war. Das war eigentlich der einzige Trivialfilm, den ich damals gesehen habe.
Ebenfalls im »Baby« habe ich 1964 einen wirklich wichtigen Film erlebt, den ersten Beatles-Film »Yeah Yeah Yeah. A Hard Day's Night« in der Regie von Richard Lester. Damals war ich 13 Jahre alt und gerade ein Teenager, so dass der Film genau richtig für mich war. Mein erster Musikfilm. Der Film war noch in Schwarz-Weiß.
Nach 50 Jahren habe ich mir den Film wieder angesehen, den gibt's jetzt auf DVD. Da sagt man sich: Du meine Güte! Was waren die Beatles damals bieder und spießig. Sie trugen noch Krawatten. Aber man muss sich die gesellschaftliche Stimmung im damaligen West-Berlin vorstellen. Die Gesellschaft wurde damals noch von den deutschen Alt-Nazis beherrscht. Da waren die Beatles

mit ihren etwas längeren Haaren doch ein Kontrastprogramm. Irgendwie etwas aufsässig. Immerhin.
Die Lieder im Film sind ziemlich belanglose Liebesschnulzen. Aber es war der Sound von damals. Heute sind die Liedchen nur noch peinlich, eigentlich ist alles an dem Film pubertär und peinlich. Damals wusste ich noch nicht, wie wichtig die Musik für die ganze Bewegung der Jugend werden sollte.
Nicht nur die Westberliner Alt-Nazis waren gegen die Beatles, auch die Ostberliner Alt-Sozialisten. In der DDR wurde die westliche Beatmusik verboten. Walter Ulbricht urteilte 1965 auf dem XI. Plenum des ZK der SED: »Ist es denn wirklich so, dass wir jeden Dreck, der vom Westen kommt, nu kopieren müssen? Ich denke, Genossen, mit der Monotonie des Je-Je-Je, und wie das alles heißt, sollte man doch Schluss machen.« Auch da hatte sich die DDR-Staatsführung in eine Sackgasse verrannt.
Die weitere Geschichte der Beatles ist bekannt. Paul McCartney ist der Ober-Spießer der Band geblieben. Ringo Starr war der Ober-Langweiler. George Harrison hat wenigstens etwas indische Mystik eingebracht. Und der intellektuelle Kopf John Lennon hat sich in die interessante Beziehung mit Yoko Ono geflüchtet. 1964 herrschte noch die Beatlemania. 1969 hatten sie dann eingesehen, dass die Rolling Stones besser waren, und haben sich selbst aufgelöst. Sie waren halt immer mehr Schlagersänger als Rock-n-Roll-Musiker und hatten nichts mehr zu sagen. Ihr letzter Piepser war: »Give Peace a Chance!«
Dann kam das Jahr 1968 und das wirkliche Leben war interessanter als die Filme. Ich erinnere mich aber noch an den Film »Stille Tage in Clichy« nach Henry Miller, den ich im Kino »Bellevue« am Hansaplatz gesehen ha-

be. Das muss schon 1970 gewesen sein. Das Kino gibt es heute auch nicht mehr. 1974 zog dort das antiautoritäre Grips-Theater für Kinder und Jugendliche ein, das bis heute besteht. Die 1960er Jahre waren vorbei.
In gewisser Weise gehört auch noch der Film »Das große Fressen« (La grande bouffe) von 1973 in der Regie von Marco Ferreri in diese Zeit. Diese beiden letztgenannten Filme standen in Verbindung mit der sexuellen Revolution zu Ende der 1960er Jahre. Ich habe diesen Rückblick im Oktober 2014 aufgeschrieben. Ich hoffe, dass mir mein Gedächtnis nach über 50 Jahren kein Schnippchen geschlagen hat.
Ich muss zugeben, ich bin kein glühender Cineast geworden, wie die vielen Mitglieder meiner Generation, die häufig ins Filmkunstkino »Arsenal« in der Schöneberger Welserstraße gepilgert sind. Aber ich habe doch einen großen Respekt vor gelungenen Filmen entwickelt. Wenn man vor einem Gemälde von Mark Rothko steht, dann hat man gleich den Eindruck, dass das ein starkes Stück Malerei ist. Genauso geht es mir mit Filmen, die einfach rund sind und etwas Wichtiges erzählen, bspw. »Casablanca«. Die Qualität von solchen Filmen kann es mit gelungenen Gemälden aufnehmen, obwohl der Film erst eine relativ junge Kunstform ist. Und mein Respekt ist umso größer, als so viele Menschen an einem gelungenen Film zusammenarbeiten müssen.
Obwohl das Kino seit den 1970er Jahren mächtig Konkurrenz vom Fernsehen bekommen hat, hat es sich doch behauptet. Die Fernsehfilme wurden mit der Zeit immer schrottiger. Die Kinofilme wurden auch immer schrottiger, gerade gut für einen mülligen Massengeschmack. Aber seltsamerweise haben sich doch gerade im Film noch einige anspruchsvolle Werke erhalten.

Als es dann um das Jahr 2010 Spielfilme auf DVD gab, die günstig angeboten wurden und die man auf dem Computerbildschirm ansehen konnte, habe ich mir einige Klassiker angeschafft. Filme wie »Manche mögen's heiß« (Some Like It Hot) von Billy Wilder mit Marilyn Monroe, »Eat Drink Man Woman« von Ang Lee oder »La Zizanie« (Der Querkopf) mit Louis de Funès und Annie Girardot.

35. Besuch bei der Musa x paradisiaca Cavendish

Die wichtigste Sehenswürdigkeit in Berlin ist natürlich der Botanische Garten. Denn ohne Pflanzen könnten die Menschen gar nicht leben. Früher war ich oft im Botanischen Garten in Dahlem. Jeden Sonntag um 10 gab es eine kostenlose Führung eines Wissenschaftlers oder eines Gärtnermeisters zu einem bestimmten Thema. Die Teilnehmer der Führungen waren eingefleischte Fans der Flora. Über die Jahre lernte ich unglaublich viel über Botanik und über die Geheimnisse einzelner Pflanzenarten. Irgendwann waren diese paradiesischen Zustände dann leider vorbei. Die Führungen wurden kostenpflichtig. Die Wissenschaftler und Gärtnermeister haben nichts mehr angeboten. Es lohnte die Mühe nicht mehr.

Ich habe mal wieder aus Nostalgie das Tropenhaus besucht. In einem seitlichen Glashaus sind die tropischen Nutzpflanzen untergebracht. Eine der nützlichsten Pflanzen ist sicherlich die Banane, wissenschaftlich Musa x paradisiaca genannt, deren Frucht nicht nur sehr gut schmeckt. Die ganze Pflanze ist auch sehr dekorativ mit ihren großen grünen Blättern. Die meisten Bananen werden in Indien und in China angebaut und das ist auch logisch, denn die Banane stammt ursprünglich aus dem tropischen Asien. Die am häufigsten angebaute Sorte heißt Cavendish.

Im Haus für die tropischen Nutzpflanzen wuselt ein kleiner Trupp von Zwergwachteln durch das Unterholz, um nach Nahrung zu suchen. Das Männchen ist sehr schön

blau gefärbt, die Weibchen sind braun, um sich zu tarnen. Zwergwachteln haben vor Zwerghühnern den Vorteil, dass sie nicht so aggressiv die kleineren Pflanzen auffressen. Auch einige Spatzen haben sich in das Glashaus verirrt. Früher gab es dort auch tropische Zebrafinken, die Pflanzenschädlinge vertilgt haben. Eine der Bananenstauden trägt gerade ein Büschel grüner Früchte. Neben den Bananen trifft man dort auf so nützliche Pflanzen wie Papaya, Kokospalme, Kakaobaum, Baumwolle, Ingwer, Ölpalme, Kaffeebaum oder Zuckerrohr.
Ursprünglich gab es nur den Lustgarten am Stadtschloss in Berlin-Mitte, der für die Kurfürsten von Brandenburg angelegt war. Dort wurde auch das kurfürstliche Gemüse gezüchtet. Seit etwa 1679 wurde die Gemüseproduktion und die Botanik sukzessive nach Schöneberg verlegt, dorthin wo sich heute der Kleistpark befindet. Dort war der Dichter Adelbert von Chamisso von 1819 bis 1838 Kustos des Königlichen Herbariums, wie der Botanische Garten damals genannt wurde. Noch heute erinnern dort Straßennamen an berühmte Berliner Botaniker, wie die Gleditschstraße, die Elßholzstraße oder die Pallasstraße. Die Gleditschstraße gefällt mir besonders gut, denn die Gleditschie gehört zu meinen Lieblingsbäumen.
Als dann die Fläche in Schöneberg zu klein geworden war, zog der Botanische Garten um 1900 nach Dahlem, wo er sich noch heute befindet. Heute hat man den Eindruck, dass sich der Garten wieder vergrößern müsste, denn das Interesse an der Ökologie ist jetzt sehr groß geworden und auch der Platz für das Arboretum ist in Dahlem ziemlich klein. Die Botanik müsste entsprechend ihrer Bedeutung einen ausreichenden Platz haben. Der Größe Deutschlands entsprechend müsste also ein zusätzliches Arboretum angelegt werden, das nicht so einge-

engt ist wie das jetzige in Dahlem. Und es müssten Botaniker und Gärtner eingestellt werden. Die Milliarden Euro, die man in Olympische Spiele stecken würde, sollte man lieber in einen Botanischen Garten investieren.
Große Schätze beherbergt auch das Botanische Museum, das im Garten liegt. Dort befinden sich auch die wertvolle Bibliothek und das riesige Herbar, in dem getrocknete Belege der Pflanzen gesammelt sind. Diese Belege sind für die wissenschaftliche Arbeit unerlässlich. Als Saal für Vorträge und Veranstaltungen ist der »Blütensaal« des Botanischen Museums bekannt. Überhaupt ist es eine gute Lösung, dass der Botanische Garten und das Botanische Museum (BGBM) zur Freien Universität Berlin gehören, denn der Garten ist nicht in erster Linie ein Vergnügungspark, in dem Partygäste im Großen Tropenhaus unter Palmen Cocktails schlürfen. Der Hauptsinn liegt in der wissenschaftlichen Forschung, in der Präsentation der Schönheit der Natur und in der Information der Öffentlichkeit.
Bücher sind übrigens genauso bekömmlich und schwer wie Bananen. Daher werden Bücher immer in Bananenkisten transportiert.

36. Im Café Größenwahn

Das Wort Größenwahn ist schon seit über 100 Jahren mit Berlin verbunden. Wenn man es freundlich ausdrücken wollte, sprach man von Genialität oder Originalität. Vielleicht gibt es in Berlin ja wirklich mehr Größenwahnsinnige als anderswo. Und wo wird mehr Kaffee getrunken als in Berlin? Das ist auch ganz natürlich, denn ohne Kaffee wären die hiesigen kulturellen Spitzenleistungen auch gar nicht erklärlich. Als in der vormaligen DDR aus Devisenmangel der Muckefuck eingeführt wurde, gab es einen Aufstand in Sachsen. »Ohne Gaffee gönn ma nich gämpfen!« hieß es damals. Daraufhin musste die DDR-Führung zurückrudern und wohl oder übel wieder den echten Bohnenkaffee importieren.

Aber wo befand sich das echte, historische Café Größenwahn? Das Café des Westens, wie es in Wirklichkeit hieß, war ein Künstlerlokal, das sich zwischen 1898 und 1915 am Kurfürstendamm 18/19 Ecke Joachimstaler Straße befand, dort wo heute das Kranzler Eck liegt. Die Literaten trafen sich im feinen Berliner Westen, während die Proletarier die Kneipen des Berliner Ostens und Nordens bevölkerten.

Dieser Ort von Charlottenburg um die Gedächtniskirche war um 1900 von der Bohème geprägt. Hier wohnte und lebte der künstlerische Berliner Größenwahn. Im Café Größenwahn waren Kabarettisten, Schauspieler, Maler, Dichter und Literaten zu Gast, die glaubten, ganz Außerordentliches zu leisten. Dort traf man auch den jungen Erich Mühsam, der später in seinen »Unpolitischen Erinnerungen« darüber schrieb:

»Ich erinnere mich eines Abends im alten »Café des Westens« am Künstlertisch, der vollbesetzt war. Schriftsteller, Maler, Bildhauer, Schauspieler, Musiker mit und ohne Namen saßen beisammen; da warf Ernst von Wolzogen die Frage auf, wer von uns konfliktlos und in Eintracht mit seinen Angehörigen zu seiner Lebensführung als Künstler gekommen sei. Es stellte sich heraus, daß wir allesamt, ohne eine einzige Ausnahme, Apostaten unserer Herkunft, mißratene Söhne waren.«

»Von irgendwoher mal wieder für ein paar Monate nach Berlin zurückgekehrt, fand ich das »Café des Westens« baulich verändert, modernisiert und seiner früheren Gemütlichkeit einigermaßen beraubt vor. Der alte Künstlerstammtisch beim Eingang war in eine andere Nische gestellt, und seine ständigen Besucher erschienen nur noch sporadisch oder hatten sich verkrümelt. Dafür waren die marmornen Tischplatten, auf denen Ottomar Begas Wirt und Gäste in Pastell festgehalten hatte, unter Glas gesetzt worden, und ein Ölbild von Edmund Edel, auf dem Rossius-Rhyn, Hans Heinz Ewers, ich und ein junges Mädchen meiner Freundschaft an vergangenen Glanz erinnern sollten, prangte an der Wand. Über der Telephonzelle aber verschönte die Gipsbüste Wilhelms II. das verjüngte Lokal und gab zu vielen, dazumal nicht ganz ungefährlichen Witzen Anlaß. Auch die Gesellschaft hatte sich gewandelt. Man saß nicht mehr im Kreise arrivierter Kulturträger, sondern zwischen zigeunernden Skeptikern und schönheitsdurstigen Lebensstilisten, selbst nicht mehr einer der Allerjüngsten und, in der zweiten Hälfte der Zwanziger, von manchen schon als überholt belächelt. Große Mode war der Ästhetizismus, die Müdigkeit, der Absinth, das Morphium, die Blasiertheit und in Liebesdingen jedwede Anomalie.«

Auch Egon Erwin Kisch war schon vor dem Ersten Weltkrieg in Berlin. In seinem Artikel »Die Gerächte Bohème« von 1922 blickt er auf die aus dem Café Größenwahn vertriebenen Literaten zurück:
»Deshalb entschloß sich Herr Pauly, die Künstler hinauszuschmeißen, die alten bemalten Marmorplatten zu verkaufen, die in allen Ehren verräucherten Wände mit geblümten Tapeten zu beziehen und überhaupt recht fein zu sein mit sehr viel Goldüberzug und Samt und Kitsch und mit einer Musikkapelle im Frack und mit hohen Preisen. Das war gar nicht schön von ihm, denn an der armen Bohème hatte er ja all sein Geld verdient und konnte auch weiterhin viel Geld verdienen. Doch nicht genug damit, daß er sie heimatlos machte, er lachte sie obendrein auf ganz geschmacklose Weise aus. Als er sein neues, geschniegeltes und gebügeltes Lokal eröffnete, ließ er überall ein Doppelplakat anschlagen: Auf der einen Seite war eine Gruppe hagerer langhaariger Künstler karikiert, und darunter stand: »Diese da sind traurig«. Auf der anderen Seite waren Lebemänner mit Monokel und Weltdamen mit hohen Absätzen in idealisierter Pose dargestellt, und darunter stand: »Diese frohlocken«.«
Das Ende der Geschichte war, dass nicht nur die Bohemiens vertrieben waren, sondern auch die Schickeria ausblieb. Die Rechnung des Gastwirts war nicht aufgegangen.

In den 1920er Jahren wurde das Romanische Café gegenüber der Gedächtniskirche zum Treffpunkt der Literaten und Künstler. Das Haus des Romanischen Cafés existiert heute nicht mehr. Es befand sich an der Stelle, wo heute das Europa-Center steht, in dem heutzutage keine Bohème mehr anzutreffen ist. Mit der Machtergreifung der Nazis 1933 war das Romanische Café als Künstlerlo-

kal am Ende, denn viele Stammgäste waren Juden, die emigrieren mussten.
Nach dem Zweiten Weltkrieg war die Ecke Kudamm/Joachimstaler Straße zerstört. In den Neubau zog das Café Kranzler, das sich aber nicht zum Künstlerlokal, sondern zum Treffpunkt der Wilmersdorfer Witwen entwickelte. Das Café Kranzler spielte 1968 in der Westberliner Studentenbewegung eine gewisse Rolle. Denn das Kranzlereck war zu Mauerzeiten das Zentrum von Westberlin. Dort kamen viele Demonstrationen gegen den Vietnamkrieg an, die über den Kudamm führten. Daher gab es dort einige Straßenschlachten mit der berittenen Polizei und die weiß-roten Absperrgitter der Polizei gehörten schon zum Straßenbild.
Die Literaten trafen sich damals bspw. im »Zwiebelfisch« am Charlottenburger Savignyplatz oder später im »Schwarzen Café« an der Kantstraße oder im »Terzo Mondo« in der Grolmannstraße. Diese Lokale existieren noch heute. Ich war in all diesen Lokalen ab und zu. Aber ich war kein Stammgast, da ich erstens nicht in Charlottenburg wohnte und da ich zweitens kein Kneipenmensch bin.
Das Café Kranzler zog später in das Dachgeschoss um, denn die Fläche im Erdgeschoss konnte man kommerziell gewinnträchtiger vermieten. Heute ist das »Neue Kranzler Eck« ein Einkaufszentrum. Im Erdgeschoss befinden sich nun Läden des Modeunternehmens »Gerry Weber« und des Mobiltelefonunternehmens »Vodafone«.
Der Lift befördert mich auf die Dachterrasse, auf der sich das stark reduzierte Café Kranzler heute befindet. Es ist nur noch ein kleiner runder Raum, dafür aber mit Kudammpreisen. Das Frühstück kostet stolze 11 Euro, das billigste Mittagessen »Linseneintopf mit Kassler« kostet

6,90 Euro. Ach ja, Torten gibt es dort auch immer noch reichlich. Die Klientel dürfte eine Mischung aus Berlintouristen, Büroangestellten und älteren Damen sein.
In allen größeren Städten gab es vor 100 Jahren ein Café Größenwahn, in dem sich die Künstler trafen, um zu trinken und um Neuigkeiten auszutauschen. Diese Cafés waren gleichzeitig auch so etwas wie Jobbörsen, in denen literarische Aufträge vermittelt wurden. Heute in Zeiten des Internets scheinen die Literaten mehr per E-Mail zu kommunizieren. Treffpunkte von Literaten sind selten geworden.

Literatur:
Erich Mühsam, »Unpolitische Erinnerungen«, Berlin 2003.
Egon Erwin Kisch, »Aus dem Café Größenwahn. Berliner Reportagen«, Berlin 2013.

37. Der Schwerbelastungskörper

Der in Beton gegossene Berliner Größenwahn befindet sich an der General-Pape-Straße, an der Grenze zwischen Schöneberg und Tempelhof nahe der Dudenstraße. Er wird der »Schwerbelastungskörper« (SBK) genannt, was auch zutrifft, denn der Betonzylinder hat ein Gewicht von 12.650 Tonnen. Der Zylinder hat einen Durchmesser von 20 Metern, über der Erde eine Höhe von 12 Metern, unter der Erde eine Höhe von 18 Metern. Hier sollte nach der Planung der Nazis die Prachtstraße der Welthauptstadt »Germania« gebaut werden. Geplant war auch ein ziemlich überdimensionierter Triumphbogen, der den Pariser Arc de Triomphe weit in den Schatten gestellt hätte. Dazu ist es bekanntlich nicht gekommen. Mit dem SBK sollte jedenfalls die Tragfähigkeit des märkischen Sandbodens getestet werden. Der SBK wurde ab 1941 von Zwangsarbeitern errichtet. Das Ergebnis war, dass der märkische Sandboden geeignet ist.

Der SBK wird heute vom Verein »Berliner Unterwelten« betreut. Es werden Führungen angeboten. Ich war drin im SBK. Man hat ein seltsames Gefühl, wenn etliche Tonnen Beton über einem schweben. Im Innern führt eine Leiter tief in den Untergrund. Neben dem SBK steht ein Aussichtsturm, von dem man einen weiten Blick über Berlin hat. Obwohl der SBK ein Monstrum ist, ist er nur wenigen Berlinern bekannt. Das liegt wohl daran, dass er nicht direkt an einer Hauptstraße steht und dass er im Sommer von den hohen Bäumen verdeckt wird.

38. Meine etwas seltsame Straße

Gegenüber steht das riesige Senioren-Pflegeheim. Bei jedem nur einigermaßen passablen Wetter sitzen die Senioren auf der Terrasse an der Straße. Daher kenne ich sie schon sehr gut. Manche rauchen, andere sinnen stumm vor sich hin oder telefonieren oder haben Besuch. Mehrmals am Tag fährt der Leichenwagen durch die Straße, um zum Leichenschauhaus um die Ecke zu gelangen. Mit schwarzem Anzug und Krawatte stehen die Sargträger auf dem Bürgersteig, um auf ihren Einsatz zu warten. Ansonsten ist in der Straße wenig Autoverkehr, fast nur Anwohner.
Im Laden an der Ecke befindet sich eine Rechtsanwaltskanzlei mit jungen adretten Rechtsanwältinnen, immer im Businessdress. Vor ihren Bürofenstern im Erdgeschoss sind dicke Eisenstäbe angebracht. Ich schätze, die Anwältinnen kennen sich mit Einbrechern aus. Andererseits, wer klaut schon dicke Bücher mit Paragraphen? Die vergitterten Fenster könnten auch eine Sympathiebekundung der Anwältinnen mit ihren Mandanten sein, die auch oft lange Jahre hinter Gittern schmachten müssen.
Gleich nebenan befindet sich die Möbelklinik, in deren Schaufenster interessante Möbelstücke vergangener Epochen ausgestellt sind, darunter ein vergoldeter Thronsessel mit rotem Samt. Ich vermute, dass sich in den guten alten Stücken Legionen von Holzwürmchen vergnügen.
Am Ende der Straße liegt das Lädchen von Fräulein Rehauge (Name geändert). Geschäftszweck ist das Nähen von Kleidern mit den Anwohnerinnen. Im Schaufenster liegen ausgepreiste Stoffreste. Am Laden steht die große

Aufschrift: »Näh dich glücklich!« 3 Stunden Nähen kosten 25 Euro. Obwohl das Nähen vielleicht nur eine Deckbeschäftigung ist für ganz undurchsichtige Untergrundaktivitäten. In jedem zweiten Haus sitzt mindestens eine Psychotherapeutin. Termine zum Glücklichwerden nach Vereinbarung.

Rentner und Rentnerinnen schlurfen mit ihren Einkaufsbeuteln über den Bürgersteig, manchmal begleitet von Vierbeinern. Die kleine Kosmetikafabrik erhält ihre tägliche Lieferung von Chemikalien mit dem Laster. Bemitleidenswerte Politessen kontrollieren die Parkplaketten der Parkraumbewirtschaftungszone an den Autos. Die gelb gekleideten Briefträgerinnen der Deutschen Post, die jedes Wetter aushalten müssen, radeln mit ihren gelben Fahrrädern von Haustür zu Haustür. Bei schönem Wetter schaut manchmal eine Bläserkapelle von rumänischen Zigeunern vorbei, die auf der Straße entlang schlendert.

Sehr interessant sind die Vorgärten. Da findet sich alles zwischen völlig verwahrlost bis zu gartenkünstlerisch wertvoll. Da die eine Seite der Straße nach Norden zeigt, können sich Gärtner dort wertvolle Tipps holen, welche Pflanzen auf der Nordseite wachsen. Das sind mehr als man gewöhnlich denkt, nicht nur Farne und Funkien. Ansonsten kann ich mich nicht beklagen. Die ganze Straße ist von wunderschönen Birken gesäumt. Bei Sonne entsteht durch die lichten Birken ein ganz liebliches Aussehen.

Meine Berliner Straße ist etwas über 100 Jahre alt. Ihre Häuser wurden fast gar nicht im Zweiten Weltkrieg zerstört. Es gibt auch Stolpersteine, die daran erinnern, dass hier einst Juden wohnten, die von Deutschen verschleppt und ermordet wurden. Diese Straße ist so abgelegen und so unbekannt, das man hier ganz gut wohnen kann.

39. Brutale Zeiten

Man denkt heute, Berlin ist eine moderne Stadt. Dabei vergisst man leicht, dass Berlin schon über 750 Jahre alt ist und dass hier früher das finsterste Mittelalter herrschte, inklusive öffentlicher Hinrichtungen zur Volksbelustigung. Besonders beliebt waren Rädern und Vierteilung. Dieses Schicksal ereilte auch den Juden Lippold ben Judel Chluchim. Lippold wurde 1530 in Prag geboren. Er kam um 1542 mit seinem Vater und Bruder nach Berlin, nachdem sich Juden seit 1539 wieder in der Mark Brandenburg ansiedeln durften. Die Juden sollten die Wirtschaft in Schwung bringen und besonders die Staatseinnahmen erhöhen. Die Familie Ben Chluchim florierte in Berlin prächtig und wurde immer reicher. Lippold war schließlich so reich, dass er von dem Kurfürsten Joachim II. Hector im Jahre 1556 zu seinem Finanzminister gemacht wurde. Die offizielle Bezeichnung damals war »Kämmerer, Hoffaktor und Münzmeister«.

Joachim II. war nicht gerade zimperlich im Geld ausgeben. Er veranstaltete rauschende Feste und ließ Schlösser bauen. Und daher musste sein Finanzminister Lippold immer mehr frisches Geld heranschaffen. Da reichten die normalen Staatseinnahmen wie Abgaben und Zölle natürlich nicht aus. Die Kaufleute wurden so lange schikaniert, bis sie zusätzliches Geld zahlten, oder es wurde einfach konfisziert. Die zweite Methode der Geldbeschaffung war die Schuldenaufnahme. Dabei wurden die Untertanen gezwungen, dem Kurfürsten Edelmetall zu leihen, wofür sie eine Papierquittung bekamen. Es war sehr unsicher, ob die Gläubiger ihr Geld jemals wiederbekommen würden. Die dritte Methode war die Münzverschlechterung. Dabei wurden die Münzen mit immer weniger Silber und dafür mit immer mehr unedlem Metall geprägt. Dadurch verringerte sich natürlich der Wert der Münzen.

All dies führte dazu, dass die Bürger richtig sauer wurden. Kurfürst Joachim II. war jedoch mit seinem Finanzminister Lippold sehr zufrieden. Deshalb hätte alles so weiter laufen können, wenn nicht am 3. Januar 1571 Joachim II. plötzlich in Köpenick gestorben wäre. Das wurde Lippold zum Verhängnis.

Der Nachfolger von Joachim II, Kurfürst Johann Georg, übernahm von seinem Vater Schulden in Höhe von 2,5 Millionen Gulden. Das war damals ziemlich viel für ein kleines Kurfürstentum. Man suchte einen Sündenbock. Also musste Johann Georg dem Volkszorn nachgeben und den Lippold verhaften lassen. Wie damals üblich wurde er mit Folter verhört. Diese Foltermethoden brachten Lippold dazu, dass er alle Vorwürfe gestand: Pakt mit dem Teufel, Zauberei, Giftmord an seinem Gönner Joachim II.

Am 28. Januar 1573 wurde Lippold dann auf die Hinrichtungsstätte gebracht, wo er gerädert und gevierteilt werden sollte. Die Hinrichtungsstätte befand sich auf dem Neuen Markt, dort wo heute der Neptunbrunnen steht, zwischen Marienkirche und Rotem Rathaus. Nach den Vorschriften musste Lippold auf dem Schafott noch einmal öffentlich seine Untaten gestehen, er widerrief aber. Da hatten die Henker ein Problem. Sie schleppten den Lippold also zurück in die nahe gelegene Gerichtslaube und setzten kurzerhand erneut ihre Folterwerkzeuge ein. Da musste Lippold erneut gestehen, er wurde zum Schafott geschleppt, gerädert und gevierteilt.

Seine Eingeweide wurden dann zusammen mit einem Alchemiebuch verbrannt. Sein Kopf wurde auf eine Eisenstange gespießt und am heutigen Alexanderplatz zur Schau gestellt. Die vier Teile seines Körpers wurden an den vier Enden vor der Stadt am Galgen aufgehängt und den Aasvögeln zum Fraß überlassen. Das waren so die üblichen Verbrechen der Justiz im 16. Jahrhundert. Und damit endete die schaurige Geschichte von Lippold, seines Zeichens Finanzminister in Berlin. Die Juden wurden nach der Hinrichtung des Lippold mal wieder aus der Mark Brandenburg vertrieben und durften erst 100 Jahre später, 1671, ins Kurfürstentum zurückkehren.
War das nun Antisemitismus oder einfach nur die übliche Rache an einem skrupellosen Finanzminister, der einem Herrscher diente, der immer knapp bei Kasse war? Jedenfalls waren es damals brutale Zeiten, in denen ein Menschenleben nicht so viel zählte. Im Märkischen Museum am historischen Hafen der Spree werden noch heute diverse Folterinstrumente ausgestellt. Da findet man Daumenschrauben, Halseisen, Wagenräder bis zum Hinrichtungsbeil.

40. Amerika Haus

Das Amerika Haus in der Berliner City-West, am Bahnhof Zoo, gehört zu den Gebäuden, die in meiner Vita eine Rolle gespielt haben. Aber nur von außen. Es ist untrennbar mit 1968 verbunden. Dort begannen oder endeten die zahlreichen Demos gegen den Vietnamkrieg der USA. Die Teach-ins fanden im Audimax der nahen Technischen Universität am Ernst-Reuter-Platz statt. Die Polizei hatte dort zahllose Einsätze. Sie rückte mit Motorrädern und Pferden an, was wohl Eindruck machen sollte, aber nichts nutzte. Jede Woche waren die Scheiben des Amerika Hauses durch Steine der Demonstranten zerschlagen. Den US-Amerikanern wurde eine Niederlage beigebracht: Irgendwann mussten Kunststoffscheiben eingebaut werden, die resistent waren. Dann war 1968 vorbei und der Ruf des Amerika Hauses ruiniert. Zu den so genannten US-Imperialisten wollte kaum noch einer gehen.
Doch wie ist das Amerika Haus überhaupt entstanden? 1945, nach dem Zweiten Weltkrieg, war West-Berlin von den siegreichen West-Alliierten besetzt, darunter den USA. Die Amis dachten sich wohl, sie müssten den Deutschen auch die amerikanische Kultur etwas näher bringen. Also bauten sie 1957 das Amerika Haus in der Hardenbergstraße. Architekt war der Berliner Bruno Grimmek (1902-1969). Das Bauwerk ist im schlichten Stil der Moderne entworfen. Es ist ein einfacher zweigeschossiger Kasten mit vielen Glasscheiben an der Straßenfront. Es sieht so ähnlich aus wie eine amerikanische Kleinstadtbibliothek. Die US-amerikanischen Nationalfarben Blau, Rot und Weiß tauchen als Mosaik an der

Fassade auf. Das wäre eigentlich noch zu ertragen. Leider hat man direkt daneben nach der Wende ganz unsensibel ein hohes Parkhaus hingeklotzt. Die Architektur des Parkhauses ist nicht mal schlecht, aber es hätte auf jeden Fall 20 Meter zurückgesetzt werden müssen.

Noch ein Blick weiter zurück: Auf dem Gelände des Amerika Hauses gab es eine Villa, in die 1899 die »Berliner Secession« einzog. Nach dem Ersten Weltkrieg wurde die Villa an einen Offiziersverein verkauft. Daraus wurde dann 1926 das Kabarett und Tanzlokal »Villa d'Este«. Im Garten der Villa d'Este wurde die »Berliner Kunsthalle« gebaut, in der bis 1943 nationalsozialistische Kunstausstellungen gezeigt wurden. Am Ende des Zweiten Weltkriegs war die Fläche ein Ruinengrundstück.

In letzter Zeit war nicht mehr viel los im Amerika Haus. Die amerikanische Regierung hatte nur noch wenig Lust auf Kulturvermittlung. Warum auch? Deutschland ist ja sowieso zugemüllt mit amerikanischen Schrottfilmen und Trivialmusik. Zur Zeit des Irakkrieges war das Amerika Haus ganz hinter Barrikaden verschwunden. Die US-Amerikaner waren in Berlin einfach zu unbeliebt, um eine Kulturinstitution zu betreiben. So übernahm schließlich 2006 der Berliner Senat das Amerika Haus, das damit für die nächsten 8 Jahre geschlossen war.

Im Oktober 2014 hat das Amerika Haus nach gründlichen Renovierungsarbeiten von zwei Jahren ganz neu als Fotogalerie eröffnet. Ich finde das eine sehr gute Idee. Das Museum für Fotografie Berlin und die Helmut-Newton-Stiftung sind in der Nähe. Auch die Universität der Künste befindet sich in der Hardenbergstraße. Daher ist es ein guter Platz, um Fotokunst zu zeigen. Mit der Fotogalerie hat das Amerika Haus jetzt erstmals eine Chance, ernst genommen zu werden.

Betreiber des Hauses ist jetzt die Fotogalerie C/O Berlin, wobei C/O für »Care of« in Briefanschriften steht. Zuvor befand sich die Galerie im alten Postfuhramt in Mitte in der Oranienburger Straße. Zur Eröffnung der Fotogalerie im Amerika Haus werden vier Ausstellungen auf zwei Etagen gezeigt:

- Magnum. Contact Sheets. The Photographers' Choice.
- Will McBride. Ich war verliebt in diese Stadt.
- Picture Yourself. Im Fotoautomaten mit Magnum.
- Arbeit am Mythos. Talents 30. Luise Schröder/Hannah Petersohn.

In allen vier Ausstellungen sind die Fotos großartig, teilweise auch lustig oder informativ. Man erlebt Berlin in den 1950er Jahren und in anderen Epochen der Geschichte. Ein Treppenwitz der Geschichte ist, dass jetzt die Porträtfotos von Che Guevara, aufgenommen von René Burri, groß im Fenster des Amerika Hauses hängen. Ich schätze, dass die Besucher weiter strömen werden, weil das Niveau der Fotos einfach so gut ist. Jeder Hobbyfotograf kann da etwas lernen.
Im Magnum Photoautomaten wollte ich von mir ein Foto aufnehmen. Aber leider kann man dort nur mit PayPal bezahlen. Der kleine Buchladen und das kleine Café sind schöne Zusatzangebote des Hauses. Man kann tolle Fotopostkarten kaufen. Geöffnet ist täglich. Zuerst fortschrittliche Maler, dann Tanzlokal in den swingenden 1920er Jahren, Nazi-Kultur-Propaganda, US-Kultur-Propaganda, jetzt Fotografie, das ist die abwechslungsreiche Biografie dieses Grundstücks in Charlottenburg.
Bald nach der Eröffnung des Amerika Hauses kam der 9. November, der 25. Jahrestag des Mauerfalls von 1989.

Das war noch mal ein großes Berliner Spektakel zum Ende des Jahres 2014, als Luftballons in den Berliner Himmel aufstiegen, die den Verlauf der Mauer markierten. Angeblich soll die Hälfte der aktuellen Berliner Bevölkerung den Mauerfall vor 25 Jahren gar nicht miterlebt haben.

Personenverzeichnis, Sachverzeichnis und Ortsverzeichnis

G

H

I

J

T

U

V

W

Y

Z